Más allá del orgullo
Sarah M. Anderson

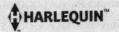

I.S.B.N.: 978-84-9170-900-8
Depósito legal: M-7151-2018
Impresión en CPI (Barcelona)
Fecha impresion para Argentina: 30.10.18
Distribuidor exclusivo para España: LOGISTA
Distribuidor para México: Distibuidora Intermex, S.A. de C.V.
Distribuidores para Argentina: Interior, DGP, S.A. Alvarado 2118.
Cap. Fed./Buenos Aires y Gran Buenos Aires, VACCARO HNOS.

Capítulo Uno

–¿Jueza Jennings?

Caroline levantó la vista pero, en vez de ver a su secretaria, Andrea, vio un enorme ramo de flores.

–Cielo santo –dijo Caroline, poniéndose en pie para apreciar el ramo en toda su magnitud.

Andrea resultaba invisible tras la masa de rosas, lirios y claveles. Era el ramo más grande que Caroline había visto en su vida.

–¿De dónde han salido?

No podía imaginarse que alguien le enviara flores. Solo llevaba dos meses en su puesto de jueza en el Juzgado del Octavo Circuito Judicial, en Pierre, Dakota del Sur. Había hecho amistad con sus compañeros: Leland, un brusco alguacil; Andrea, la alegre secretaria; y Cheryl, la taquígrafa, que rara vez sonreía. Sus vecinos eran amables, pero bastante cerrados. En ningún momento había entrado en contacto con nadie que pudiera enviarle ese ramo.

De hecho, si lo pensaba bien, no podía imaginarse que nadie le enviara flores, ni en Dakota del Sur, ni desde ningún otro sitio. En Mineápolis no había dejado ningún novio que la echara de menos. No había tenido una relación seria desde… Bueno, era mejor no darle vueltas a ese tema, se dijo.

Durante un instante, deseó que fueran flores de un enamorado. Aunque un amante podría distraerla de su trabajo, y todavía estaba aterrizando allí.

–Tuvieron que traerlas entre dos hombres –dijo Andrea, camuflada entre el gigantesco ramo–. ¿Puedo dejarlo en algún sitio?

–¡Ah! Claro –repuso Caroline, liberando espacio en su mesa.

El jarrón era inmenso, como una maceta grande. Ella no había visto tantas flores juntas en toda su vida, a excepción de funeral de sus padres, por supuesto.

Sabía que se le había quedado la boca abierta, pero no podía cerrarla.

–Dime que traen una tarjeta.

Andrea desapareció en la salita antes de regresar con una tarjeta.

–Está dirigida a ti –señaló Andrea, que obviamente tampoco podía creerse que su jefa hubiera recibido tal presente.

–¿Estás segura? Debe de ser un error –repuso Caroline. ¿Qué otra explicación podía haber?

Tomó la tarjeta y abrió el sobre. Las flores habían sido encargadas en una empresa de internet, y el mensaje estaba impreso.

Jueza Jennings, estoy deseando trabajar con usted.
Un admirador

Caroline se quedó mirando el mensaje con una incómoda sensación de miedo. Un regalo no esperado de un admirador secreto era bastante extraño. Pero sabía que había algo más bajo la superficie.

Ella se tomaba su trabajo de juez muy seriamente. No cometía errores. O, a menos, los cometía muy rara vez. El perfeccionismo podía ser un defecto, pero le había servido para ser una buena abogada y, en el presente, una buena jueza.

Su currículum como fiscal era impecable. Y, desde que había ganado la posición de juez, se enorgullecía de ser justa en sus sentencias, complacida con que la gente se mostrara de acuerdo. Su puesto en Pierre era algo que no se podía tomar a la ligera.

Quien se hubiera gastado tanto dinero en enviarle flores sin ni siquiera poner su nombre en la tarjeta no era un simple admirador. Por supuesto, siempre había la posibilidad de que algún loco hubiera desarrollado una obsesión. Cada vez que leía la noticia de un juez o jueza que hubiera sido perseguido hasta su casa, se recordaba que debía ocuparse bien de su seguridad personal. Sobre todo, desde que un juez y su familia habían sido asesinados en Chicago. Siempre comprobaba dos veces el cerrojo de la puerta, llevaba consigo vaporizador de pimienta para autodefensa, y había dado clases de defensa personal. Tomaba decisiones con la cabeza y se esforzaba en controlar las equivocaciones estúpidas.

Sin embargo, Caroline no creía que el ramo fuera de un acosador. Cuando había aceptado ese puesto, un abogado del Departamento de Justicia llamado James Carlson había contactado con ella. Era un reconocido fiscal que había estado persiguiendo la corrupción en todo el país. Había metido en la cárcel a tres jueces y había retirado a un buen puñado de su cargo.

Carlson no le había dado a Caroline detalles, aunque la había prevenido de que, tal vez, intentarían sobornarla. Y le había advertido de qué pasaría si aceptaba esos sobornos.

–Me tomo muy en serio la corrupción judicial –le había dicho Carlson en un correo electrónico–. Mi esposa fue directamente perjudicada por un juez corrupto cuando era joven y no toleraré que nadie desequilibre la balanza de la justicia para sacar un provecho personal.

Esas palabras le volvieron a la mente, mientras tenía los ojos clavados en las flores y en la tarjeta.

Maldición. Caroline sabía que la gente sería igual de corrupta en Dakota del Sur que en Minnesota. La gente era igual en todas partes. Pero, a pesar de la advertencia de Carlson, había tenido la esperanza de que se hubiera equivocado. En su correo electrónico, el fiscal le había subrayado que no sabía quién estaba comprando a los jueces. Los hombres que había arrestado se habían negado a dar el nombre de sus benefactores. Y eso solo podía significar que no los habían conocido directamente o que estaban asustados.

En parte, Caroline no quería tener que enfrentarse a individuos desconocidos que comprometían la integridad del sistema judicial. Quería seguir creyendo en un sistema independiente y en la imparcialidad de la ley. Tampoco quería verse envuelta en una complicada investigación. Había demasiadas probabilidades de que cometiera algún error del que tendría que arrepentirse.

Pero, por otra parte, estaba intrigada. Lo que tenía delante, pensó, mirando el ramo, era un caso sin resolver. Había agresores, había víctimas, había móviles. Un crimen necesitaba ser resuelto, debía hacerse justicia. ¿No era esa la razón de su trabajo?

—¿Cuánto tiempo tenemos antes de que empiece la próxima vista? —preguntó Caroline, se sentó ante su ordenador y abrió el correo electrónico. No tenía ninguna prueba de que ese ramo enorme tuviera que ver con el caso de corrupción de Carlson. Pero tenía una corazonada y, a veces, eso era lo único que se necesitaba.

—Veinte minutos. Dentro de veinticinco minutos, los litigantes empezarán a ponerse impacientes —contestó Andrea.

Caroline lanzó una mirada a su secretaria, que contemplaba el ramo con una intensa nostalgia.

—No puedo quedarme con tantas flores —dijo ella, mientras buscaba la dirección de Carlson en su ordenador–. Puedes llevarte las que quieras a casa o usarlas para decorar la oficina, o para tirar pétalos de rosa en tu coche.

Las dos rieron juntas.

—Creo que eso haré –repuso la secretaria, y salió del despacho, decidida a encontrar recipientes adecuados.

Caroline revisó los correos que había intercambiado con Carlson antes de empezar a escribir uno nuevo, porque una cosa estaba clara, si había alguna organización turbia con intenciones de comprarla, iba a necesitar apoyo.

Mucho apoyo.

A veces el universo tenía sentido del humor, pensó Tom Pájaro Amarillo.

¿Qué otra explicación podía haber cuando, la misma mañana en que lo habían citado para testificar en el juzgado de la honorable jueza Caroline Jennings, había recibido un correo electrónico de su viejo amigo James Carlson informándole de que la jueza en cuestión había recibido un ramo de flores sospechoso que podía estar conectado con la trama de corrupción que investigaban?

Tendría su gracia, si la situación no fuera tan seria, se dijo, tomando asiento en la sala de vistas. Era un juicio por robo armado a un banco. Tom, como agente del FBI, había perseguido al ladrón y lo había arrestado. El asaltante había tenido las bolsas del banco en su furgoneta y billetes marcados en la cartera. Lo había pillado con las manos en la masa.

—Todos en pie –anunció el alguacil cuando se abrió la puerta del fondo de la sala–. El juzgado del Octavo Circuito Judicial, sala de lo penal, abre su sesión con la honorable jueza Caroline Jennings.

Tom había escuchado esa frase antes cientos de veces. Se levantó, con la atención puesta en la figura vestida de negro que entraba. Otro día, otro juez. Con suerte, no sería fácil de sobornar.

–Siéntense –dijo la jueza.

La sala estaba tan llena que hasta que la gente no empezó a sentarse, Tom no pudo verla bien.

Vaya.

Parpadeó. Y parpadeó de nuevo. Había esperado que fuera una mujer. El nombre de Caroline era demasiado obvio. Pero no había esperado una mujer como esa. No podía dejar de mirarla.

Ella se sentó y, cuando estableció contacto ocular con él en la sala, el tiempo se detuvo. Tom se quedó sin respiración, el pulso le dejó de latir, mientras sus miradas se entrelazaban.

Nunca la había visto antes. Estaba seguro, porque no habría podido olvidarla. Incluso en la distancia, le pareció ver que ella se sonrojaba con delicadeza. ¿También había sentido lo mismo?

Entonces, la jueza arqueó una ceja en su dirección con gesto desafiante. Maldición. Tom seguía de pie, como un idiota, mientras el resto de la sala esperaba que se sentara. Leland sonrió y la taquígrafa del tribunal frunció el ceño con ademán molesto. El resto de los presentes empezaba a girar la cabeza para ver quién era el culpable del retraso.

Tom tomó asiento, tratando de poner a funcionar su cerebro de nuevo. La jueza Jennings estaba asignada a esa vista y, al mismo tiempo, Carlson se la había encomendado a él. Nada más. Cualquier atracción que pudiera sentir por ella era irrelevante. Tenía que prestar declaración y ocuparse de resolver un caso de corrupción. Y el trabajo siempre era lo primero.

El correo electrónico de Carlson le había llegado a

última hora, por lo que Tom no había tenido tiempo de investigar. Y esa era la única razón por la que la jueza Jennings lo había tomado por sorpresa.

Era, al menos, veinte años más joven de lo que había imaginado. Por lo general, las personas que ocupaban su puesto eran varones blancos mayores de cincuenta años.

Quizá esa era la razón por la que le resultaba tan joven, aunque no era ninguna adolescente. Debía de tener unos treinta años, caviló Tom. Tenía el pelo castaño recogido en una cola de caballo. Llevaba unos pendientes sencillos y pequeños, que podían ser diamantes, tal vez réplicas. Apenas iba maquillada, lo justo para darle un aspecto profesional. Y las solapas de encaje blanco de la blusa le sobresalían por encima del cuello de la toga negra.

Era una mujer hermosa. Y él no tenía problemas en apreciar la belleza, como quien admiraba el arte. Sin embargo, hacía muchos años que no había sentido una atracción física tan fuerte hacia nadie.

Tratando de ignorar esa extraña y sorprendente sensación, Tom se concentró en lo que mejor sabía hacer: escuchar y esperar.

Mientras el juicio comenzaba con la intervención del abogado defensor, hizo un repaso mental del correo electrónico que le había enviado Carlson. Caroline Jennings acababa de llegar de Mineápolis y estaba ocupando el puesto del anterior juez, a quien habían encarcelado por corrupción. En principio, no se codeaba con políticos, con empresarios o sindicatos.

Por otra parte, el que hubiera contactado con Carlson para informarle del inesperado regalo de un ramo de flores podía ser una prueba de sus intenciones honestas. Aunque nunca se sabía, pensó Tom.

—La fiscalía llama al agente especial Tom Pájaro Amarillo.

Tom salió de sus pensamientos de golpe. Se enderezó y se levantó. Caminó hasta el estrado, notando la atenta mirada de la jueza clavada en él. Sin embargo, no giró la cabeza. Se limitó a dedicar un gesto severo y firme al acusado, que se encogió detrás de su abogado. No podía dejarse distraer por una bella jueza en ese momento. Lo único que le importaba era que se hiciera justicia con aquel tipo que había tenido la sangre fría de apuntar al cajero con un arma y había robado siete mil dólares.

Lo cierto era que se le daba bien poner cara de póker, una habilidad que le resultaba útil en el trabajo. La gente no podía adivinar lo que pensaba y, por lo general, solían interpretar su confusión como desconfianza.

Aunque tenía curiosidad por ver cómo lo observaba la jueza. Quizá, percibiría en sus ojos el mismo brillo que cuando había hecho su entrada en la sala. ¿Tendría todavía las mejillas sonrosadas?

Smith, el abogado de la acusación, le lanzó una mirada a Tom. Sí. Tenía trabajo que hacer antes de sumergirse en el misterio de Caroline Jennings.

Leland le tomó juramento y le indicó que se sentara. Rosas, pensó Tom, sin atreverse a mirarla. Sin duda, esa mujer olería a rosales en flor.

Smith le hizo a Tom las preguntas habituales: cómo había empezado con el caso, qué pistas había seguido la investigación, cómo había decidido que el acusado era culpable del crimen, cómo había llevado a cabo el arresto, qué había dicho el acusado durante el interrogatorio.

Fue un cuestionario aburrido y sin emoción alguna. Tom tuvo que esforzarse para no bostezar.

Satisfecho, Smith le pasó el turno a otro letrado y regresó a su asiento.

El abogado defensor no hizo nada durante un momento. Siguió sentado en su sitio, mirando sus notas. Era una táctica que Tom había presenciado incontables veces, pero no estaba dispuesto a dejar que ese tipo lo enervara. Esperó pacientemente.

—Abogado, su testigo —indicó la jueza con tono irritado.

Tom casi sonrió al escucharla. Así que no era tan paciente como parecía, pensó.

Entonces, el magistrado se puso en pie. Se tomó su tiempo para organizarse, le dio un trago a su vaso de agua.

—Es para hoy, abogado —le increpó la jueza.

—Claro, señoría. Agente Pájaro Amarillo, ¿dónde estaba la tarde del veintisiete de abril, el día en que supuestamente estaba rastreando los billetes robados del banco estatal de Pierre?

La forma en que lo dijo, marcando el énfasis en la palabra supuestamente, solo confirmó la opinión que Tom tenía de él. Si el objetivo del abogado era poner en tela de juicio su origen lakota, iba por mal camino.

Aun así, Tom estaba bajo juramento y respondió.

—Estaba fuera de servicio —dijo él con tono firme y neutro. No iba a darle a ese tipo la satisfacción de mostrarse molesto o nervioso.

—¿Haciendo qué? —inquirió el abogado con una sonrisa burlona.

Tom dejó que la pregunta flotara en el aire durante unos minutos.

Smith reaccionó al fin y gritó:

—¡Protesto, señoría! Lo que haga el agente Pájaro Amarillo en su tiempo libre no es asunto de este tribunal.

El abogado defensor posó su atención en la jueza con una sonrisa engreída.

—Señoría, pretendo demostrar que lo que el agente

11

Pájaro Amarillo hace en su tiempo libre afecta directamente a su capacidad para hacer su trabajo.

Estaban juzgando a un ladrón de bancos y el tipejo ese pretendía quitar credibilidad a todos los testigos de la acusación para salirse de rositas, comprendió Tom.

Pero lo que importaba era lo que pensara la jueza.

Caroline se aclaró la garganta e inclinó la cabeza hacia el abogado defensor.

–¿Y cómo es eso, magistrado?

–¿Perdón, señoría?

–Supongo que querrá llegar a alguna parte. Mi tiempo es valioso e imagino que el suyo también. Alguien debe de estar pagando sus facturas, ¿no es así?

Tom tuvo que hacer un esfuerzo supremo para no estallar en una carcajada y seguir manteniendo una expresión impasible.

El abogado defensor trató de sonreír, pero era obvio que empezaba a no sentirse tan seguro de sí mismo. Sin duda, había esperado que la jueza hubiera sido fácil de manipular.

–Si pudiera hacerle la pregunta, podría demostrar…

–Porque parece que está dando palos de ciego –le interrumpió ella–. ¿De qué actividad legal va a acusar al agente Pájaro Amarillo? –preguntó, y posó su mirada en Tom–. Si tiene algún delito que declarar, por favor, hágalo y ahórrenos perder más tiempo.

Tom arqueó una ceja. La atracción que había sentido la primera vez que sus miradas se habían cruzado seguía allí.

–Señoría, el único crimen del que puede acusárseme es de conducir demasiado rápido de vez en cuando –admitió él, sin poder evitar torcer la boca en una sonrisa.

Los ojos de ella se oscurecieron. Tom deseó que fuera con aprecio.

–Sí –dijo ella–. Las carreteras de Dakota del Sur parece que han sido hechas para correr –comentó, y volvió a dirigir la vista hacia el abogado–. ¿Va a decirme que conducir rápido inhabilita a un agente del FBI para investigar un crimen?

–¡Prostitutas! –gritó el abogado, meneando un sobre en la mano–. ¡Dirige un negocio de prostitución!

Un murmullo general recorrió la sala.

Maldición. ¿Cómo había conseguido esa rata enterarse de aquello?, se dijo Tom.

–¡Señoría! –objetó Smith, moviéndose con más vehemencia de la que Tom jamás le había creído capaz–. ¡Eso no tiene nada que ver con un atraco a un banco!

Era todo ridículo, se dijo Tom. Si mostraba enfado o nerviosismo, la defensa tendría más argumentos para denostarlo. Así que permaneció en silencio. No hizo nada.

Aunque apretó la mandíbula. No le avergonzaban las actividades que hacía en su tiempo libre. Pero, si la jueza dejaba que el interrogatorio siguiera por esos derroteros, podía comprometer la seguridad de algunas de sus chicas.

–Esa es una acusación muy seria –dijo la jueza en un tono tan frío que la temperatura de la sala pareció bajar unos grados–. Tendrá pruebas, ¿verdad?

–¿Pruebas? –repitió el abogado, mostrando el sobre que llevaba en la mano–. Claro que tengo pruebas. No haría perder el tiempo a este honorable tribunal si no pudiera respaldar mi acusación.

–Déjame verlo.

El abogado se quedó parado, delatando inseguridad.

La jueza afiló la mirada.

–Magistrado Lasky, si tiene pruebas de que el agente Pájaro Amarillo prostituye a mujeres y que eso, de alguna manera, compromete su capacidad de rastrear billetes robados, le sugiero que me las muestre en los próximos cinco segundos o lo amonestaré por desacato al tribunal. ¿Le apetece pagar una multa de quinientos dólares?

La jueza Jennings acababa de convertir su chispa inicial de atracción en una llamarada de deseo, decidió Tom. Era una mujer impresionante.

Lasky titubeó un segundo y se dirigió al estrado para tenderle el sobre a la jueza. Ella sacó lo que parecían unas fotos borrosas. Tom adivinó que habían sido tomadas desde una cámara de seguridad, pero desde su sitio no podía discernir quién salía en las fotos ni dónde habían sido tomadas.

Sabía que no eran fotos suyas sorprendido in fraganti con prostitutas. Cenando con ellas, tal vez. Lo hacía muchas veces. Pero invitar a una chica a cenar no era ilegal.

Aun así, no era bueno que el abogado de la defensa tuviera las fotos. Tom era responsable de esas chicas y de su tribu. Pero, más que eso, le debía al FBI no hacer nada que pudiera comprometer su salvaguarda de la justicia. Y, si la jueza dejaba que el interrogatorio continuara por esos derroteros, cualquier abogado defensor de criminales tendría barra libre para poner en tela de juicio sus paradas en los bares de carretera.

–Señoría –dijo Smith al fin, rompiendo el silencio–. Esta línea de interrogatorio es irrelevante para el caso que nos atañe. Que nosotros sepamos, el agente solo estaba reuniéndose con sus informantes.

Eso no ayudaba mucho, pensó Tom con pesimismo. Aunque siguió sin demostrar sus sentimientos. Si la gente sospechaba que esas chicas colaboraban con la policía, correrían todavía más peligro.

La jueza ignoró a Smith.

–Señor Lasky, por lo que a mí respecta, estas fotos

son la prueba de que el señor Pájaro Amarillo come en restaurantes con otras personas.

–¡Que son conocidas prostitutas! –gritó Lasky con un tinte de desesperación.

Smith iba a objetar de nuevo, pero la jueza levantó una mano para cortarle.

–¿Eso es todo? ¿Es lo único que tiene? Comió… –comenzó a decir ella, y le tendió la foto a Tom–. ¿Es una cena o una comida?

Tom reconoció el bar de carretera Cruce de Caminos. Estaba con Jeannie.

–Una cena.

–Cenó con una mujer, bien. ¿Se ocupó ella de ocultar el dinero robado? ¿Condujo el coche en el que huyó el ladrón? ¿Estaba infiltrada en el banco?

–Bueno… no –susurró Lasky–. ¡Ella no tiene nada que ver con este caso! –exclamó, sin pensarlo. Al instante, se dio cuenta de lo que había dicho y bajó la vista, derrotado.

–Eso es –replicó la jueza con cierto tono de decepción, como si hubiera esperado que el abogado hubiera insistido más–. ¿Quiere añadir algo más?

Lasky negó con la cabeza.

–Señoría –dijo Smith, respirando aliviado–. Solicito que se retiren los comentarios de Lasky del acta.

–Concedido –repuso la jueza, clavando una mirada heladora en Lasky.

Tom tuvo que reconocer para sus adentros que nunca había visto a una mujer como la jueza Jennings. Ansiaba sumergirse en las llamas de deseo que le provocaba. Stephanie hubiera querido que él reconstruyera su vida. Pero nunca había sentido nada parecido por nadie hasta que había conocido a Caroline Jennings. Por eso, le había sido siempre fiel a su difunta esposa y se había concentrado en su trabajo.

Excepto en ese momento.

La atracción que sentía escapaba a toda lógica.

Y no entraba dentro de sus esquemas.

Ella era su próximo caso. Maldición.

—Agente Pájaro Amarillo, puede levantarse —indicó la jueza.

Tom se esforzó en moverse con calma, con frialdad. Se mantuvo erguido y, sin derrochar ni una mirada con el abogado de la defensa ni con el acusado, salió de la sala.

Su trabajo en el caso del robo del banco había terminado. Eso significaba solo una cosa.

Su única misión en el momento era Caroline Jennings.

Y estaba deseando empezar con el trabajo.

Capítulo Dos

Al terminar el día, mientras Caroline se sumergía en el aplastante calor de Dakota del Sur en verano, se dijo que debería estar dándole vueltas a quién le había enviado las flores. O a la breve respuesta de Carlson por correo electrónico, diciendo que se había puesto en contacto con alguien para investigar el tema y que estarían en contacto. Debería estar pensando en los casos del día. O en los del día siguiente.

Al menos, debería pensar en qué iba a comer para cenar. Llevaba un par de meses alimentándose a base de comida para llevar. Todavía ni siquiera había terminado de deshacer cajas. Debería pensar en un plan para vaciar el resto de las cosas de la mudanza y, así, poder tener la cocina a pleno rendimiento el fin de semana como tarde y poder seguir una alimentación más adecuada.

Pero no estaba pensado en nada de eso. Solo podía pensar en los increíbles ojos de cierto agente del FBI.

Thomas Pájaro Amarillo. Se estremeció solo al recordar cómo se habían cruzado sus miradas en sala. Incluso en la distancia, había percibido el calor de sus ojos. Sí, era un hombre intenso. La forma en que había mantenido una fachada de calma durante el interrogatorio del abogado había sido admirable. Por no hablar de cómo había sonreído cuando había admitido que conducía demasiado rápido. En ese momento, Caroline había estado a punto de derretirse.

Era un hombre peligroso, porque, si podía causar

17

ese efecto en ella solo con una mirada, qué no sería capaz de lograr con sus manos… y sin público.

Caroline no había tenido tiempo de investigar las posibilidades de conocer hombres solteros en Pierre. Suponía que serían mucho menores que en Mineápolis. De todas maneras, salir con el sexo opuesto había estado al final de su lista de prioridades, tanto allí como en el presente. Las relaciones llevaban al desastre, como ya le había pasado en una ocasión.

No, gracias. No necesitaba verse atada a un hombre con quien ni siquiera sabía si quería casarse. Su carrera era mucho más importante.

Además, se pasaba casi todo el tiempo con abogados y supuestos criminales. No estaba acostumbrada a toparse con hombres que despertaran su interés en el juzgado.

Aunque ese día había sido una excepción.

De todos modos…

Había una cuestión decisiva que debía tener cuenta. ¿Estaría de verdad relacionado con la prostitución?

Sumida en sus pensamientos, dobló la esquina de los juzgados y refrenó el paso. Un hombre atractivo e inteligente, el agente del FBI Thomas Pájaro Amarillo, estaba apoyado en un bonito coche deportivo a dos espacios de su Volvo. Se le endurecieron los pezones de inmediato. Y supo que solo una cosa podía calmar su fuego.

Él.

De inmediato, Caroline se sacó esa idea de la cabeza. Cielos, debería estar prohibido que un hombre fuera tan imponente, se dijo. ¿Y con esas gafas de sol? Era la fantasía del chico malo hecha realidad. Pero lo que le hacía realmente sexy era el sentido del humor que ella adivinaba bajo su intensa mirada y su estoica expresión.

–Agente Pájaro Amarillo, qué sorpresa –dijo ella.

Él esbozó una media sonrisa, quitándose las gafas.

–Espero que no sea mala.

Era la primera vez que tenían una conversación personal. Hacía unos momentos, sus palabras habían estado en todo momento mediadas por Lasky y Smith. Ella había llevado toga. Y Cheryl había grabado todo lo que habían dicho.

Allí, sin embargo, no había barreras entre los dos.

–Eso depende –contestó ella con honestidad. Si iba a invitarla a salir, podía ser una buena sorpresa. Si quería cualquier otra cosa, tal vez no tanto.

Tom la recorrió con la mirada con gesto apreciativo. De pronto, ella sintió que la piel se le incendiaba.

No, no, se reprendió a sí misma. El deseo era una debilidad. El calor que invadía su cuerpo debía de tener más que ver con el mes de julio que con el hombre que tenía delante, se dijo.

Por fin, él habló.

–Quería darte las gracias por tu ayuda hoy.

Caroline hizo un gesto con las manos, como para quitarle importancia. Se alegraba de poder centrarse en algo que no fueran sus intensos ojos.

–Solo hacía mi trabajo. Cenar con alguien no entra en conflicto de intereses con tu profesión –señaló ella. Sin embargo, tal vez, esa conversación sí entrara en conflicto con la suya, pensó–. No quiero que piensen que soy una blanda. Me gusta llevar el timón con firmeza.

–Me he dado cuenta.

Sería una oportunidad perfecta para que él le asegurara que no tenía nada que ver con prostitutas, se dijo Caroline. De hecho, le gustaría que no cenara con ellas ni siquiera. Intentó tener en mente lo que Smith había dicho en sus objeciones, que quizá el agente Pájaro

Amarillo había estado solo reuniéndose con sus informantes. Debía de haber una explicación razonable, sin duda.

Sin embargo, Caroline no se sentía razonable en absoluto. Pero no podía dejarse impresionar por un hombre guapo vestido de traje, igual que no se había dejado influir por un puñado de flores. Ni siquiera la lealtad podía corromperla. Ya, no.

Todo en él, su mirada, sus movimientos, era intenso. Al menos, en ese momento, estaban en el mismo equipo. Del lado de la ley.

—Bueno —dijo ella, sintiéndose incómoda.

—Bueno —repitió él, y se incorporó. Le tendió la mano. Con el movimiento, se le abrió un poco la chaqueta, lo que dejó ver su pistola—. No hemos sido formalmente presentados. Soy Tom Pájaro Amarillo.

—Tom —dijo ella, titubeando un momento antes de estrecharle la mano. No era más que un acto de cortesía, se dijo a sí misma. Eso era todo—. Soy Caroline Jennings.

Entonces, cuando él respondió con una resplandeciente sonrisa, Caroline sintió que le temblaban las rodillas.

—Caroline —repitió él, con un tono que sonaba más reverente que respetable.

Una corriente de electricidad la recorrió cuando sus manos se tocaron. Tan fuerte que ella se sobresaltó. Se lo imaginó tomándola entre sus brazos, cubriéndola con su boca…

—Lo siento —se disculpó ella, y apartó la mano. Sabía que se había sonrojado sin remedio—. Genero mucha electricidad estática.

Tom arqueó una ceja. Ella adivinó que se estaba riendo por dentro. Por fuera, sin embargo, no movió los labios.

La temperatura de Caroline estaba por los cielos, y lo peor era que no podía culpar al sol. Estaba sonrojada y desesperada por quitarse la ropa de trabajo y lanzarse a una piscina de agua fría.

Sola, por supuesto, no con el agente Tom Pájaro Amarillo, no.

–Sobre las flores… –dijo él, apoyándose de nuevo en su coche.

–¿Qué? –preguntó ella, sorprendida. Él no tenía por qué saber lo de las flores, pensó. O, tal vez, sí. Andrea había estado regalándole rosas a todo el que había aceptado. Leland se había llevado un buen puñado para su mujer. Hasta Cheryl se había llevado unas cuantas. El resto se habían quedado en el despacho.

Caroline no había querido llevárselas a casa.

¿Las habría enviado el agente Pájaro Amarillo? ¿Ese era el propósito de su conversación y de sus seductoras sonrisas? ¿Comprarla?

Maldición. ¿Y si Lasky tenía razón? ¿Y si el agente era un criminal y las prostitutas eran solo la punta del iceberg?

De pronto, se quedó helada. Pasó de largo delante de él.

–Las flores eran muy bonitas. Pero no estoy interesada.

Maldición. Era dura de pelar.

–Espera –dijo Tom, levantando las manos en gesto de rendición–. Yo no las envié.

–Seguro… –murmuró ella, dirigiéndose a su coche.

–Caroline –llamó Tom, sin poder evitar un tono de ternura. Qué ridiculez, se dijo a sí mismo. No tenía ninguna razón para ponerse tierno con esa mujer. Solo era el caso del que se tenía que ocupar, le gustara o no.

Sería más fácil si ella cooperaba, por supuesto, aunque él haría su trabajo de cualquier manera.

Ella empezó a andar más rápido.

—Aprecio el gesto, pero no estoy interesada. Tengo unos sólidos principios éticos.

¿Qué diablos? Estaba claro que creía que él le había enviado las flores, caviló Tom. Era una idea tan cómica que casi se rio.

—Espera —repitió él, alcanzándola—. Me envía Carlson.

—¿No me digas?

Tom se sacó el móvil del bolsillo. Si ella no lo creía, tal vez, creería a Carlson.

—Mira —dijo él, y le puso el teléfono en los ojos.

Caroline tuvo que detenerse para no chocarse de frente con el aparato.

—¿Lo ves?

La jueza le dedicó una mirada irritada. Pero Tom sonrió. Si ella era dura de pelar, él lo era más.

A regañadientes, Caroline leyó el correo electrónico de Carlson en voz alta.

—Tom, la nueva jueza, Caroline Jennings, se ha puesto en contacto conmigo. Un anónimo le ha mandado flores al despacho y a ella le ha resultado raro. Mira qué puedes averiguar. Si tenemos suerte, esto reabrirá el caso. Maggie te manda recuerdos. Carlson.

Caroline frunció el ceño mientras leía. Tom, que nunca había estado tan cerca de ella, se sintió invadido por su perfume a rosas. Quiso inclinar la cabeza y besarla en el cuello para comprobar si sabía tan dulce como olía. Pero estaba seguro de que ella lo recibiría con un golpe de kárate. No le extrañaría que hubiera tomado clases de defensa personal.

Eso era bueno. Le gustaban las mujeres que no temían defenderse solas.

Debía dejar de pensar de esa manera, se reprendió a sí mismo por sus pensamientos. Caroline Jennings no debía gustarle, por muy dulce que fuera su olor y por muy intensa que fuera la atracción que sentía. Solo era una cuestión de trabajo.

Ella se volvió hacia él con gesto desafiante.

—¿Y se supone que tengo que creerte?

A Tom le encantaba ser desafiado. Era una mujer magnífica, todavía más sin la toga.

—No soy un mentiroso, Caroline. Menos aun, con un asunto como este.

Ella lo observó un momento.

—Eso implica que mientes en otras situaciones.

Él esbozó una media sonrisa y se cruzó de brazos, esforzándose por no soltar una carcajada.

Si la rodeaba de la cintura y la apretaba contra su pecho, ¿le daría ella un puñetazo en la nariz? ¿O se acurrucaría contra su cuerpo y lo besaría?, se preguntó él. Había pasado mucho tiempo desde la última vez que había abrazado a una mujer.

Pero eso no importaba, se recordó a sí mismo. Debía centrarse en su misión.

—No me acuesto con ellas.

—¿Qué? —replicó ella, dando un paso atrás.

—Con las prostitutas —explicó él—. No me acuesto con ellas. Eso es lo que te preocupa, ¿verdad? ¿Quieres saber qué hago en mi tiempo libre?

—No es asunto mío lo que haces cuando no estás de servicio —repuso ella, seria, apartándose todavía un poco más—. Es un país libre.

Eso le hizo sonreír de nuevo.

—En este país, todo se compra y se paga, y los dos lo sabemos —dijo él, sorprendido por lo amargo de su propio tono—. Las invito a cenar —continuó, preguntándose si alguien podría comprenderlo—. Son casi todas jóvenes, casi niñas… Se ven obligadas a trabajar contra su voluntad. Las trato como a personas, no como a criminales. Les muestro que hay salida. Cuando están listas, las ayudo a dejar la prostitución y a empezar de nuevo. Y, hasta que lo están, me aseguro de que coman y les doy dinero para que no tengan que trabajar esa noche.

–Eso es… –comenzó a decir ella–. ¿En serio?

–En serio. No me acuesto con ellas –aseguró él. Por un instante, estuvo a punto de añadir la verdad al completo, que no se acostaba con nadie–. Carlson lo sabe.

–¿Quién es Maggie?

Interesante, pensó él. No había razón para que la jueza sintiera curiosidad porque Maggie le mandara recuerdos, a menos que…

A menos que estuviera tratando de averiguar si tenía pareja.

–Maggie es la mujer de Carlson. Crecimos juntos en la misma reserva –explicó él, callándose la parte de la historia en que se había ido a Washington para alistarse en el FBI y había dejado a Maggie a merced de los cuervos que la habían explotado.

Había una razón por la que ayudaba a las prostitutas. Pero no era él quien debía contarla, sino Maggie.

Una suave brisa hizo que el aroma de ella lo envolviera de nuevo.

–Rosas –murmuró él, sin poder evitar inhalar.

Caroline se sonrojó.

–¿Cómo dices?

–Hueles a rosas –dijo él, y dio un paso hacia ella–. ¿Es tu perfume habitual o es el olor de las rosas que te han enviado? –inquirió, tratando de sonar como un policía haciendo preguntas en acto de servicio.

–Es de las flores. El ramo era enorme. Al menos, tenía cien flores.

–¿Todo rosas?

Ella lo pensó un momento.

—Había también lirios y claveles. Pero, sobre todo, rosas.

En otras palabras, no era barato.

—¿No vas a llevártelo a casa?

—No. Mi secretaria se ha ocupado de repartirlas. Leland se ha llevado un montón a casa, para su mujer.

—Leland es un buen hombre —repuso Tom.

—¿Cómo sé que puedo confiar en ti? —preguntó ella, de pronto.

—Mi historial habla por sí mismo —respondió él. Se sacó una tarjeta de visita del bolsillo y se la tendió—. No sabes a qué te estás enfrentando aquí. Este tipo de corrupción es insidiosa y casi imposible de destapar, Caroline. Pero, si observas cualquier otra cosa que te parezca fuera de lo normal, no dudes en llamarme. O llama a Carlson —añadió—. Ningún detalle carece de importancia. Nombres, marcas de coche, cualquier cosa que puedas recordar será útil.

Caroline se tomó su tiempo para responder, tanto que él pensó que no iba a agarrar la tarjeta que le tendía.

—Entonces, ¿vamos a trabajar juntos?

—En este caso, sí.

Ella le tomó la tarjeta de la mano y se la guardó en el bolsillo de la blusa.

—Bien.

—Que tengas buena tarde, Caroline —dijo él, haciendo un gesto de saludo con la mano, y se dirigió a su coche.

Sin mirar atrás, se metió en su deportivo, arrancó y salió del aparcamiento todo lo rápido que pudo.

Necesitaba poner distancia con Caroline Jennnings. Porque, por mucho que le gustara, no iba a poner en jaque el caso por eso.

Ni hablar.

Capítulo Tres

Durante un tiempo, no pasó nada. No hubo más ramos misteriosos de flores, ni ningún regalo sorpresa. La media docena de rosas en la mesa de Caroline se marchitó. Andrea las tiró. La gente en el juzgado parecía más amistosa. Al parecer, haber recibido un ramo tan radiante la había hecho popular. Aparte de eso, todo seguía igual que antes.

Caroline se levantaba temprano, se iba a correr antes de que el sol calentara demasiado y, después, se iba a trabajar. Nada de anónimos ni guapos agentes del FBI. Nada inesperado. Todo iba con total normalidad. Y eso era bueno. Genial.

Si no hubiera tenido la tarjeta de visita de Tom, incluso, podía haber pensado que lo había soñado todo, que había sido solo una fantasía para distraerse del aburrimiento.

Pero… en ocasiones casi podía sentir su presencia. A veces, salía de trabajar y miraba a su alrededor en el aparcamiento, esperando encontrar su deportivo negro. Aunque nunca estaba allí. Y lo peor era que se sentía decepcionada e irritada.

No podía gustarle ese hombre, se repitió a sí misma. Estaría por completo fuera de lugar.

Solo porque fuera un agente de la ley con una pistola oculta bajo la chaqueta, con ojos intensos y enormes, no eran razones para estar colada por él. No necesitaba verlo más. Era mejor así. Cuanto menos lo viera, menos se dejaría impresionar.

Tom Pájaro Amarillo era un error que no pensaba cometer.

Tenía su lógica, en teoría. Sin embargo, él se le presentaba en sueños como un amante increíble que la hacía arder con sus manos, su boca, su cuerpo. Se despertaba tensa y frustrada, con el pulso acelerado. Su vibrador apenas servía para relajarla, pero era suficiente.

Además, tenía otras cosas en las que concentrarse. Por fin, terminó de colocar las cosas de la cocina, aunque seguía pidiendo comida para llevar la mayoría de las veces. Era difícil tener ganas de cocinar cuando la temperatura exterior rondaba los cuarenta y cinco grados.

Aun así, lo intentó. Llegó a su casa un viernes del trabajo, tres semanas después del incidente del ramo. Había comprado verduras y huevos, pues quería probar a hacer una receta de pastel salado. Tenía aire acondicionado y un fin de semana sin nada que hacer por delante. Iba a cocinar y a comer helado.

Sin embargo, en el momento en que abrió la puerta principal, adivinó que algo iba mal. No sabía con exactitud qué, pues, cuando miró dentro del salón, no vio nada fuera de lugar. Pero tenía la incómoda sensación de que alguien había estado en su casa.

Con el corazón galopando, salió y cerró la puerta tras ella. Volvió a llevar la bolsa de la compra al coche y, con manos temblorosas, se sacó el móvil y la tarjeta de visita de Tom del bolso.

Él respondió de inmediato.

–¿Sí?

–¿Hablo con el agente Pájaro Amarillo? –preguntó ella, titubeando. Sonaba mucho más seco por teléfono de lo que recordaba.

–¿Caroline? ¿Estás bien?

De pronto, se sintió como una tonta, sentada su coche. La puerta de su casa ni siquiera había sido forzada. No parecía que nada se hubiera movido de su sitio, al menos, en el salón.

—Seguramente, no es nada.

—Seré yo quien lo decida. ¿Qué pasa?

Ella exhaló, aliviada. No era una damisela en apuros y no necesitaba que ningún príncipe azul la rescatara. Pero había algo reconfortante en la idea de que un agente federal estuviera dispuesto a ayudarla.

—Acabo de llegar a casa y me da la sensación de que alguien ha estado aquí —afirmó ella. Sonaba todavía más tonto al decirlo en voz alta, pensó.

Hubo un momento de silencio al otro lado de la línea.

—¿Dónde estás?

—En mi coche. En la entrada de mi casa —contestó ella.

—Si estás cómoda, quédate ahí. Estoy a unos quince minutos. Si no estás cómoda, quiero que te vayas a algún sitio seguro. ¿De acuerdo?

—De acuerdo.

De pronto, Caroline se sintió intimidada porque él se hubiera tomado sus palabras tan en serio. Lo más probable era que fuera una falsa alarma. Pero, ¿y si alguien había estado en su casa de verdad? ¿Qué habrían ido a buscar?

—Vuelve a llamarme si lo necesitas. Voy para allá —añadió Tom, y colgó.

Un momento, se dijo ella, con los ojos clavados en el móvil. ¿Cómo sabía Tom dónde vivía?

Colocó el coche de forma que pudiera salir disparada si hacía falta. Después, sacó el bote de helado que había comprado.

Esperó, observando la casa. No pasó nada. Ninguna cortina se movió. Todo parecía normal y, cuando el deportivo de Tom irrumpió en la calle a toda máquina, estaba segura de que había sido una exagerada. Se bajó del coche para saludarlo.

—Siento haberte molestado —comenzó a decir ella—. Estoy segura de que no es nada.

Al mirarlo, se quedó petrificada. Tom ya no llevaba traje, como en el juzgado, sino unos vaqueros gastados y una camiseta blanca que le marcaba los pectorales. Llevaba la funda sobaquera de la pistola puesta.

Con la boca seca, pensó que esa imagen iba a perseguirla en sueños durante mucho tiempo.

Tom se acercó y le posó las manos en los hombros.

—¿Estás bien?

Una corriente eléctrica la recorrió y se estremeció.

—Sí —afirmó Caroline, aunque su voz sonó temblorosa—. Me he terminado un bote de helado yo sola ahora mismo, pero estoy bien.

Tom casi sonrió.

—¿Por qué crees que alguien ha estado en tu casa? —preguntó él, sujetándola de los brazos con suavidad.

Aunque corría el aire entre los dos, Caroline se sintió como si la estuviera abrazando.

—Ha sido solo una sensación —contestó ella. No podía darle ningún dato, ni ninguna explicación—. La puerta no ha sido forzada y todo estaba en su sitio en el salón.

Tom le dio un apretón en los brazos, como para animarla, y la soltó.

Ella se sintió, de pronto, vacía sin su contacto.

—Ponte detrás de mí y sígueme. No hagas ruido.

En silencio, entraron en la casa. De forma inconsciente, Caroline lo sujetaba de la cintura de los pantalones. Tom revisó cada habitación, pero no había nada. Cuando llegaron a la habitación de invitados, todavía con algunas cajas sin abrir, se sintió estúpida.

Tom la miró, enfundando su pistola.

–Lo siento, yo… –balbuceó ella, sonrojada.

Estaban muy pegados en el pasillo. Tom alzó una mano y le tocó los labios con el dedo. Entonces, se acercó todavía más para susurrarle al oído.

–Fuera.

Durante un segundo, ninguno de los dos se movió. Ella podía percibir el calor de su cuerpo y tuvo que hacer un esfuerzo para no besarle el dedo que le había puesto en los labios. Era ridículo.

¿Qué tenía ese hombre que la hacía actuar como una adolescente enamorada? Quizá solo estaba tratando de ocultar la vergüenza de haberlo llamado sin razón con otra emoción más manejable, deseo. Lo cual estaba fuera de lugar y no era apropiado en absoluto.

Estaban trabajando en un caso de corrupción.

Y ella no era la clase de persona que lo tiraba todo por la borda solo porque un hombre guapo se le pusiera por delante.

Por eso, en vez de rodearlo con sus brazos, hizo lo correcto. Asintió y se apartó.

Cuando estaban fuera, intentó disculparse de nuevo.

–Siento haberte llamado para nada –se disculpó ella. No le gustaba meter la pata, pero cuando lo hacía no dudaba en reconocerlo.

Tom se recostó en su coche, observándola con atención.

–¿Estás segura? Cuéntame qué fue lo que te hizo pensar que algo iba mal.

Ella se encogió de hombros con impotencia.

–Fue solo una sensación. Todo estaba en su sitio y ya has visto por ti mismo que no había nadie en la casa –contestó ella, odiándose por haberse mostrado vulnerable.

Por alguna ridícula razón, la situación le recordaba

a su hermano. Trent Jennings había sido experto en sacarse dramas de la manga y hacer creer a todos que la culpa había sido de su hermana. Porque, para él, ella había sido la culpable de todas sus desgracias, la bebé llorona que le había robado a sus padres. Al menos, eso era lo que Trent le echaba en cara siempre.

No era eso lo que estaba haciendo en ese momento, ¿verdad?, se preguntó a sí misma. No se había inventado un drama con tal de llamar la atención. ¿O sí? Era cierto que algo le había parecido raro cuando había entrado en su casa. Entonces, se dio cuenta de una cosa.

—¿Por qué estamos aquí fuera? Hace calor.

—Pueden haber puesto escuchas.

Tom habló con tanta naturalidad que Caroline tardó unos segundos en digerir sus palabras.

—¿Qué?

—Lo he visto antes.

—No entiendo —dijo ella, impaciente porque respondiera a su pregunta—. ¿Qué es lo que has visto?

Durante un instante, Tom puso cara de estar a punto de darle una mala noticia.

—Tienes la sensación de que alguien ha estado en tu casa, aunque nada parece haber sido cambiado de sitio.

Caroline asintió.

—Mi sexto sentido debe de estar un poco aturdido. ¿Qué tiene que ver eso con que hayan puesto escuchas en mi casa?

Él esbozó una media sonrisa.

—Intentan encontrar algo que puedan usar en tu contra. Quizá, algún pecadillo o algún desliz, tal vez, algo de tu pasado —explicó él—. ¿Has hecho algo peor que exceder el límite de velocidad?

Caroline se quedó blanca. No cometía pecadillos. Al menos, su vibrador no podía considerarse algo ilegal. Aunque le resultaría horrible que alguien lo descubriera.

En sus años de universidad, había hecho alguna tontería que otra, pero nada demasiado llamativo.

Aunque, aparte de eso… ¿qué pasaría si la relacionaban con Vicent Verango? No solo sería embarazoso. Podía poner en jaque toda su carrera. ¿Acaso nunca iba a poder librarse del caso Verango?

No, no había por qué entrar en pánico. Tenía que mantener la calma.

—Nunca traspaso el límite de velocidad —señaló ella, tratando de esbozar un gesto de inocencia.

Tom se encogió de hombros.

—Quieren tener algo con lo que chantajearte, en caso de que no quieras seguirles el juego. Si no quieres que informen al Departamento de Justicia sobre esa cosilla embarazosa o ilegal que, tal vez, hiciste en alguna ocasión, te pedirán que colabores con ellos. Sencillo.

—¿Sencillo? —repitió ella, anonadada—. Nada de esto me parece sencillo.

—No tengo un detector de micrófonos —continuó él, ignorándola—. Y, teniendo en cuenta que es viernes por la noche, no podré hacerme con uno hasta el lunes.

—¿Por qué no? —preguntó ella, alarmada.

—Estoy fuera de servicio los próximos cuatro días. Para que me den un detector, tengo que justificar que lo necesito para un caso. Y Carlson y yo queremos mantener nuestras investigaciones lo más en secreto posible.

Caroline soltó un carcajada. No pudo evitarlo. Era reír o llorar. La situación le resultaba tan bizarra que se preguntó si no estaría soñando.

—Por como yo lo veo —prosiguió él, haciendo como si no la hubiera oído—, tienes dos opciones. Puedes seguir con tu vida como si nada y yo vendré el lunes y rastrearé la casa a fondo.

Era, sin duda, la sugerencia más razonable que Caroline iba a escuchar. Entonces, ¿por qué se le retorcía el estómago de ansiedad al imaginarse haciendo eso?

—De acuerdo. ¿Y la otra opción?

A Tom se le contrajo la mandíbula solo un segundo.

—Puedes venir conmigo.

—¿A tu casa, quieres decir? —preguntó ella, aturdida.

—Es un lugar seguro.

—Si han puesto micrófonos en mi casa, ¿por qué crees que tu casa va a estar menos vigilada?

Tom sonrió. Su expresión sombría desapareció de pronto. Parecía un lobo y ella no estaba segura de si era su presa o no.

—Confía en mí —dijo él—. Nada me pasa desapercibido.

Capítulo Cuatro

Llevaban en el coche una hora y quince minutos. Setenta y cinco minutos en silencio. Cualquier intento de conversación era silenciado por un gruñido. Tom la ignoraba, así que Caroline dejó de intentarlo.

Pierre había quedado atrás y Tom estaba, como él mismo había reconocido, rebasando todos los límites de velocidad. Ella trató de distraerse mirando por la ventanilla para no posar los ojos en el cuentakilómetros y para no pensar en terribles accidentes de carretera.

Aunque no había forma de evitar la poderosa presencia de Tom Pájaro Amarillo. Su coche deportivo era poderoso, igual que él. Ella no entendía mucho de coches, pero ese le gustaba. Los asientos eran de cuero y el salpicadero estaba lleno de misteriosos controles que no tenía ni idea de para qué servían.

Igual que el hombre sentado a su lado.

El paisaje en el exterior no había cambiado desde que habían salido a las llanuras, así que posó su atención en Tom. Todavía llevaba las gafas de sol puestas. No podía adivinarse lo que pensaba. La única pista que podía delatar su estado mental era la forma en que tamborileaba los dedos sobre el volante. Quizá, significaba que estaba aburrido hasta la saciedad.

No era justo. Caroline no había vuelto a pensar en el caso Verango desde hacía diez o doce años. Pero eso era justo lo que un criminal querría encontrar para usar contra ella. Porque no tenía nada más que pudiera resultar embarazoso en su casa, a excepción del vibrador.

A Caroline le gustaba el sexo. Le gustaría tener más sexo, sobre todo, con alguien como Tom… pero no quería buscarse complicaciones ni consecuencias indeseadas. No quería compromisos, ni líos, ni quebraderos de cabeza por si fallaban los métodos anticonceptivos.

La verdad era que Tom le había inspirado decenas de sueños húmedos, todo porque tenía una mirada intensa y un misterioso aire de invulnerabilidad. Y ese cuerpo… ¿Cómo podía olvidar ese cuerpo?

Caroline deseó no sentirse atraída por él. Ir sentada a su lado era una tortura. Por mucho que intentara ignorarlo, lo deseaba. A pesar de que el aire acondicionado estaba puesto al máximo, el cuerpo le ardía. El sujetador le apretaba los pechos y ansiaba quitarse la blusa.

Le gustaría irse a nadar. Necesitaba hacer algo para refrescarse si no quería terminar haciendo algo ridículo, como pasearse en ropa interior por la casa de él.

Lo malo era que su mente no dejaba de sugerirle que exactamente esa era una buena manera de pasar el fin de semana. Sabía que desnudarse cerca de Tom Pájaro Amarillo sería un error. Aun así, estaría encantada de hacerlo, si no fuera porque podía comprometer con ello el caso o, peor aún, podía acabar viéndose víctima de chantaje. Podía ser un error capaz de hundir toda su carrera. ¿Y por qué? ¿Por un hombre que ni siquiera se molestaba en hablarle? No. No podía cometer otra equivocación tan irracional como esa.

Racionalmente, Caroline sabía que su perfeccionismo no era saludable. Sus padres nunca la habían tratado como si hubiera sido un error. Además, estaban muertos. Y ella no era responsable de que Trent hubiera sido un niño malcriado y se hubiera convertido en un hombre amargado y vengativo. La paz de la familia no podía depender solo de ella.

Sí, racionalmente, lo sabía. Aun así, no conseguía tranquilizar sus pensamientos.

Tom seguía conduciendo como si el diablo los persiguiera. Hasta que, al final, Caroline no pudo más. Había esperado un trayecto de quince minutos a algún pueblo a las afueras, no ese viaje a través de las llanuras hacia ninguna parte. Empezaba a sentirse secuestrada.

—¿Dónde vives, exactamente?

—Cerca —dijo él.

Una respuesta muy poco concreta pero, al menos, había logrado hacerle hablar, se dijo, dispuesta a seguir insistiendo.

—Si pretendes llevarme a un lugar alejado para deshacerte de mí, no vas a salirte con la tuya —le espetó ella. Sabía que no iba a impresionarlo, de todas maneras. Ese tipo estaba armado y era peligroso. Debía de ser cinturón negro de kárate, por lo menos, y ella solo había tomado unas clases de defensa personal hacía demasiados años.

Tom soltó una carcajada.

—No tengo intención de matarte. Ni de hacerte daño.

—Disculpa, pero no eso no me da ninguna seguridad.

—Entonces, ¿por qué te has metido en el coche conmigo?

Ella meneó la cabeza.

—Cuando dije que algo me parecía raro en mi casa, me creíste. Cualquier otra persona me habría dicho que estaba imaginándome cosas. Pensé que estaba en deuda contigo y, por eso, me he subido al coche —admitió ella, y recostó la cabeza hacia atrás, cerrando los ojos—. Pero que no se te suba a la cabeza.

—Dudo que dejes que eso suceda.

Tom aminoró la velocidad y tomó una salida de la carretera. Estaban literalmente en medio de ninguna parte.

—¿Puedo preguntarte qué significa cerca para ti?

—¿Tienes hambre?

Caroline estaba hambrienta, pero era mayor su inquietud por la hora. El sol estaba a punto de ponerse en el horizonte.

—¿Siempre haces eso? —preguntó ella—. ¿Siempre respondes preguntas con otras preguntas que no tienen nada que ver?

Él apretó los labios para contener un sonrisa.

—La cena está esperándonos. ¿Te gusta la pizza?

A Caroline le costaba imaginarse que Tom tuviera un chef en su casa. Su sueldo del FBI no podría pagarlo. Pero no sabía cómo hacerle la pregunta sin que sonara a acusación.

—Pizza está bien. Mejor si tiene pimientos, *pepperoni* y champiñones. ¿Tienes helado? ¿Vino?

—Puedo cuidar de ti.

Quizá solo fue un comentario inocente sobre su disposición a dar la bienvenida a huéspedes inesperados, pero Caroline no se lo tomó así.

Tal vez, tenía las defensas bajas porque estaba cansada y asustada. En cuanto las palabras de Tom llenaron el pequeño espacio que los separaba, el cuerpo de ella reaccionó… de golpe. Los pezones se le endurecieron y un húmedo calor le inundó la entrepierna. Se agarró al reposabrazos para contener un gemido de deseo.

Cielos, ¿qué le estaba pasando? Se reprendió a sí misma. Había sido un largo día. Eso era todo. No había otra explicación de por qué un simple comentario podía provocarle reacciones tan poderosas.

Con la vista al frente, se dijo que lo mejor que podía hacer era bloquear su instinto. Nada de gemidos, ni de estremecimientos, ni de miradas calientes. Además, ¿cómo podía saber si los ojos de él ardían de la misma manera? Todavía llevaba esas malditas gafas de sol puestas.

—Eso está por ver, ¿no crees? —respondió ella tras un buen rato.

Cuando, como repuesta, Tom apretó el volante con ambas manos, Caroline se lo tomó como una pequeña victoria personal.

El silencio se cernió sobre ellos de nuevo. Caroline no tenía ni idea de dónde estaban. La buena noticia era que Tom había dejado de romper la barrera del sonido. Según avanzaban, las carreteras estaban cada vez más estropeadas. Hasta que él tomó un desvío por un camino de tierra. Entonces, abrió la guantera y sacó un mando a distancia.

—¿Qué estás haciendo? —inquirió ella.

Tom no respondió. Era de esperar. Lo único que hizo fue apuntar a unos arbustos y apretar el botón del mando.

La maleza se deslizó a un lado con suavidad. Caroline parpadeó. Iba a necesitar beberse una botella de vino después de eso.

—Dime la verdad. ¿Eres Batman?

Cuando él sonrió, Caroline se estremeció. Se le quedó la boca seca y le subió la temperatura como la brisa ardiente soplaba con la promesa de una tormenta. Había algo eléctrico en el aire cuando se giró hacia ella. Le dieron ganas de lamerle el cuello para saborear la sal de su piel.

De pronto, sintió la urgencia de quitarse la ropa. Le resultaba insoportable seguir vestida.

—¿Me creerías si te dijera que lo soy?

Caroline lo pensó. Bueno, al menos, lo intentó. La mente le funcionaba con dificultad. Estaba demasiado excitada.

—Solo si tienes un viejo mayordomo esperándote.

Tom sonrió todavía más. Por voluntad propia, el cuerpo de ella se inclinó hacia él.

—No lo tengo. Resulta que los viejos mayordomos odian trabajar en medio del campo, lejos de la civilización.

—Dijiste que tenías una casa —comentó ella tras un momento, mirando a su alrededor con inquietud. No había nada más a la vista, aparte de los falsos arbustos que se movían—. No veo…

Entonces, lo vio. Un poco más allá, tres árboles se erguían sobre algo en la distancia.

—Vives en una casa, ¿verdad? Porque si duermes en una furgoneta junto al río, me voy a enfadar. Dime que tienes una casa con algo de comer, con camas de verdad. Prefiero volver andando a Pierre antes que meterme en un saco de dormir.

No era justo que un hombre tuviera una sonrisa tan seductora, pensó ella. Y la forma en que la miraba…

—Tengo un ama de llaves —dijo Tom, echando un vistazo al reloj en la guantera—. Debe de tener la cena casi a punto. Mientras, si quieres nadar un poco…

Estaba en sus manos, se dijo Caroline, aturdida. Y eso no podía ser tan malo, intentó tranquilizarse. Sobre todo, si lo comparaba con estar en su casa, donde alguien había sembrado cámaras ocultas.

—¿Tienes una piscina?

—No exactamente —repuso él—. Pero tengo un estanque, con agua de manantial. Te lo digo por si te apetece refrescarte.

Por alguna extraña razón, Caroline se sentía segura a su lado. Aunque estuvieran a cientos de kilómetros de la civilización. Y estaban tan cerca que sus rostros podían tocarse. Sin querer, se inclinó todavía un poco más hacia él.

—Deja que te lleve a casa.

¿Un estanque? A ella no le gustaba sentir el fango entre los dedos de los pies aunque, llegados a ese punto, lo cierto era que no le importaba.

–Prométeme que llegaremos pronto. No estoy segura de poder esperar mucho más.

Caroline se refería al vino y la comida. Al agua fresca del estanque. Pero notó cómo el cuerpo de él se ponía tenso y comprendió que, inconscientemente, no había estado hablando de la cena en absoluto.

Estaba ansiosa por entregarse a ese hombre. Un hombre misterioso y extraño que parecía preocuparse por su seguridad.

–Diez minutos. Te va a gustar.

–Eso espero.

Ninguno de los dos se movió durante un segundo. Entonces, despacio, él le rozó las mejillas con los dedos. Sus manos eran rudas, pero su contacto fue tierno. Caroline estaba demasiado agotada como para reprimir el escalofrío que le recorrió el cuerpo.

Malditas gafas de sol, se dijo ella. Maldito lugar. Deseó estar en algún restaurante romántico o, mejor aún, en un dormitorio, en vez de en aquel inhóspito lugar.

Tom se quedó allí, acariciándole las mejillas. Ella pensó que iba a besarla. Ansió que lo hiciera.

–Necesitamos irnos –dijo él, apartándose.

–Claro –repuso ella, tratando de no sentirse desesperada. Miró hacia los árboles en la distancia–. Vamos –indicó. Casi había dejado de importarle adónde.

Capítulo Cinco

Tom había cometido errores en su vida. Además de haber sido incapaz de haber salvado a Maggie y aparte de que debía haber estado detrás del volante en vez de Stephanie en el accidente de coche, había metido la pata en muchas más ocasiones.

Había dejado escapar al violento criminal Leonard Low Dog dos veces y, como resultado, ese tipo casi había matado a Maggie. Había perdido la pista del asesino de Tanner Donnellys, hasta que la hermana de Tanner, Rosebud, y su esposo Dan Armstrong habían reabierto el caso. Y todavía no había sido capaz de descubrir quién estaba sobornando a los jueces en Dakota del Sur.

Eran errores graves, y Tom se había esforzado todo lo posible por rectificarlos. Leonard Low Dog estaba cumpliendo una condena de veinte años de cárcel. Shane Thrasher cumplía otra de cuarenta por haber matado a Tanner. También, había metido a tres jueces en prisión y había logrado que otros se retiraran de los tribunales.

Sin embargo, el error de llevar a Caroline Jennings a su casa era de distinta clase.

Ella soltó un grito sofocado cuando, al fin, la casa entró en su campo de visión.

Además de los Amstrong y los Carlson, Lilly y Joe White Thunder, gente en la que confiaba con los ojos cerrados, Tom no había llevado nunca a nadie allí. Era su refugio, su santuario. Era donde podía estar cerca de los recuerdos de Stephanie.

–Cielo santo –exclamó Caroline–. ¿De dónde diablos ha salido esto?

–Lo construí yo –afirmó Tom. Era la casa de campo que Stephanie y él habían planeado juntos.

En el presente, era Caroline quien estaba allí. Era un error, se repitió Tom. Pero, si había una cosa que la vida le había enseñado, era que no había vuelta atrás. Debía hacerse responsable de sus actos. Ella estaba allí y había jurado protegerla.

–¿Tú solo?

–Con unos cuantos albañiles de confianza.

Los paneles solares en el tejado del edificio brillaban con la luz del atardecer.

Sí, podía hacerlo, se dijo Tom. Cuidaría de ella, tal y como le había prometido, durante el fin de semana, hasta que pudiera limpiar su casa de micrófonos. El lunes, a primera hora, la llevaría al trabajo y, luego, ella dormiría en su propia casa como si nada hubiera pasado.

–Es increíble –dijo Caroline en un susurro, volviéndose hacia él–. ¿Vives aquí siempre? ¿En medio de ninguna parte?

Él se encogió de hombros.

–Necesito un sitio para pensar. Tengo un apartamento en Pierre, pero no es tan seguro.

Bien. Esa era la razón por la que la había llevado allí. Por su seguridad, se recordó a sí mismo. Haría cualquier cosa con tal de mantenerla a salvo. Incluso, romper sus propias reglas.

Llevarla a su casa rompía todas las reglas por las que Tom se regía. Suponía poner sus deseos egoístas por encima de su trabajo. Y eso era un riesgo no solo para él, no solo para ella, sino para todos los años que Carlson le había dedicado a ese caso. Era un riesgo inadmisible.

¿Pero qué otra cosa podía haber hecho? No podía dejarla sola. Sentía el impulso incontrolable de protegerla. Pero había algo más.

Caroline no le había dado un respiro con sus incisivas observaciones. Solo se había relajado cuando la había tocado, sintiendo su cálida piel bajo los dedos.

Entraron en el garaje.

Caroline soltó una exclamación.

—¿Quién diablos eres tú? —preguntó ella, contemplando anonadada todos sus vehículos.

Había un par de coches anodinos que usaba para vigilar, su moto, una vieja furgoneta que conducía cuando iba a la reserva, otra nueva que empleaba para cargar provisiones… y su deportivo Corvette Stingray, que solo sacaba cuando necesitaba hacerse pasar por un hombre rico.

—Sé que no te lo vas a creer, pero no acostumbro a mentir.

—Eso no incluye las mentiras por omisión, imagino —le espetó ella.

Sin contestar, Tom salió del coche, complacido al ver que ella lo seguía. Sacó las bolsas del maletero.

—Por aquí.

La condujo hacia el porche que rodeaba tres de los cuatro lados de la casa.

—Tengo que ocuparme de unas cuantas cosas. Si quieres darte un baño en el estanque, ahora es buen momento —añadió él. Eso le daría la oportunidad de hablar con Carlson y ver cómo iban a limpiar la casa de Caroline.

También, le daría tiempo para poner en orden sus pensamientos. Lilly White Thunder debía de haber dejado la cena en el horno y, con suerte, había tenido tiempo suficiente para poner sábanas nuevas en las camas.

Al imaginarse a Caroline acurrucada en su cama, con el pelo revuelto y las sábanas alrededor de la cintura…

–Vamos dijo él, dejando la bolsa de viaje de ella en el suelo.

El aroma a pizza llenaba el espacio, aunque las ventanas estaban abiertas y la casa estaba ventilada y olía a limpio.

Por mucho que Tom quería a Lilly, se alegraba de que no estuviera allí. No quería tener que presentarle a Caroline, ni quería arriesgarse a que se supiera que la alojaba en su casa.

Era más seguro para Caroline. Aparte de que, así, se ahorraba el que Lilly lo mirara con una sonrisa y sacara conclusiones equivocadas.

Incapaz de contenerse, tomó a Caroline de la mano. Ella estaba demasiado acalorada y cansada como para conocer a gente nueva, de todos modos. Cuanto antes se quitara esa ropa y se diera un baño con agua fresca, mejor se sentiría.

Al imaginársela desnuda, de pronto, se puso duro como una piedra, mientras la conducía por el patio que llevaba al estanque y al manantial.

Caroline dio un traspiés al verlo.

–Es… rojo. ¿Por qué el agua está roja?

–Contiene mucho hierro. Aquí nace el río Red Creek –señaló él–. De ahí le viene el nombre. No te preocupes, no te teñirá la piel.

Ella le tiró del brazo.

–¿Por qué no me habías hablado de esto? –gritó ella, alterada–. Si hubiera sabido que tenías una casa de lujo con chimeneas de piedra, muebles de cuero y… y un estanque natural… –dijo, y se quedó callada un momento–. Has cubierto el fondo de con piedras planas, ¿verdad?

–Si quiero sentir el lodo en los pies, me voy a nadar al río.

Caroline le empujó del brazo.

–Podías habérmelo dicho. Ni siquiera he traído traje de baño.

–No sabía que ibas a necesitar refrescarte hasta que estuvimos en el coche –explicó él, y posó los ojos en el manantial, evitando mirarla a ella–. Tiene poco más de un metro de profundidad. No es lo bastante profundo como para hacer largos, pero es perfecto para refrescarse.

Suspirando, ella clavó la vista en el agua con una emoción que, extrañamente, hizo que Tom sintiera celos del estanque.

–Si miras mientras me baño, te degollaré cuando estés dormido –amenazó ella.

Parecía agotada, observó Tom. Sabía que no era un hombre fácil para las relaciones personales. Por eso, Stephanie había sido perfecta para él. Siempre lo había motivado y animado a progresar. Lo había tratado como a un igual y él la había amado por eso, con todo su corazón.

Pero ni siquiera Stephanie lo había amenazado jamás con degollarlo.

–Entonces, más me vale no mirar –dijo él con una sonrisa.

Caroline se dio media vuelta y se levantó la camiseta, dejando lentamente al descubierto la pálida piel de su espalda. Cuando tenía la camiseta a medio quitar, lo miró por encima del hombro.

–Para que lo sepas, duermo con un ojo abierto –le advirtió ella, y se empezó a bajar la camiseta otra vez.

–De acuerdo, ya me voy. No miro. Te avisaré cuando esté lista la cena.

–Al paso que vamos, será el desayuno.

Tom se dio media vuelta antes de terminar haciendo algo estúpido, como tomarla entre sus brazos. Había estado resistiéndose a la tentación desde que había llegado a casa de Caroline esa tarde. Aunque también había estado asustado. Ella había sonado aterrorizada por teléfono. A pesar de que había intentado disimularlo, él había podido percibirlo. Lo único que había querido, entonces, había sido abrazarla, protegerla y asegurarle que todo iría bien.

En vez de eso, Tom había entrado en su casa, preparado para disparar a cualquier intruso. Le había aconsejado preparar una bolsa de viaje y se la había llevado de allí.

Por culpa de su impulsividad, iba a tener que pasarse las siguientes cuarenta y ocho horas a solas con ella, se recordó a sí mismo. Lo único que se podía hacer en ese lugar era pasear y cazar, refrescarse en el estanque y dormir. No había televisión, ni internet. Solo tenía su móvil para comunicarse con el mundo exterior.

Al menos, Caroline estaba a salvo. Además, ella lo sabía. Si no, no se habría quitado la ropa tan rápido. En ese momento, estaría metiéndose desnuda en el agua, sintiendo su frescor en los muslos, el vientre, los pechos…

Cielos, ¿cómo iba a poder sobrevivir hasta el lunes?, se dijo Tom, con la sangre bulléndole.

El agua estaba deliciosamente fría. Era una sensación agradable y refrescante que le ayudaba a dejar de darle vueltas a los sucesos de las últimas cuatro horas. En realidad, le habían parecido mucho más que unas horas… Vaya día.

El estómago le rugió. Mataría por un vaso de vino. Aunque se daba por satisfecha con poder librarse del sudor y la ansiedad en aquel estanque bajo los últimos rayos de sol.

Sin embargo, por muy fría que estuviera el agua, no podía enfriar el calor que le invadía el cuerpo. Sumergida hasta el cuello, tenía los pezones tan endurecidos que casi le dolían. Por no hablar del fuego que sentía entre las piernas. Necesitaría bañarse en el Polo para poder cambiar eso.

Estaba tumbada desnuda en el estanque que Tom Pájaro Amarillo había construido. Podía jugar a imaginarse que lo había construido para ella, aunque sabía que era ridículo.

Sin embargo, era una bonita fantasía. ¿Por qué no le había hablado Tom de ese lugar? Quizá, estaba acostumbrado a mantener en secreto su refugio, se dijo. Tal vez, eso fuera algo esencial en su trabajo.

Desde el agua, contempló la casa con atención. No había visto ninguna criada ni ama de llaves. El único signo que había delatado la presencia de otro alma humana había sido el olor de pizza en el horno.

La casa le había parecido perfectamente limpia, como si alguien se ocupara de mantenerla arreglada. Mientras Tom la había guiado por el pasillo, había visto los techos con vigas de madera y una enorme chimenea de piedra. Era un lugar bastante impresionante. Igual que Tom.

El edificio era muy grande, pero no era muy alto. Solo tenía una planta y estaba cerca del suelo, como si no quisiera ser percibido. Estaba rodeado de árboles que daban sombra en el porche y, de paso, ocultaban la construcción desde la carretera.

Caroline fantaseó con la imagen de Tom cortando leña y colocándola junto a la casa. Sin duda, lo habría hecho sin camisa, con el sudor corriéndole por el cuello y el pecho. Por supuesto, sabría cómo usar un hacha. Y los músculos de brazos, pecho y espalda se le contraerían con cada movimiento y…

–Voy para allá –advirtió él, desde lejos–. ¿Estás visible?

–Sigo en el agua –repuso ella, alzando la voz–. Yo… no tengo toalla ni nada –añadió y, mirando hacia la salida del estanque, se preguntó si podría subir descalza por el camino de piedra lisa sin resbalarse–. Igual estoy atrapada aquí para siempre.

La risa sincera y profunda de Tom la sorprendió. Era la primera vez que le oía reír.

–Sería un terrible anfitrión si te dejara quedarte arrugada como una ciruela pasa. Te he traído una toalla.

–No he decidido todavía si eres buen anfitrión o no. Más te vale que sea una toalla grande y esponjosa.

–La más esponjosa. No miro.

–Más te vale –repitió ella, y se puso de pie despacio. Cuando se giró para tomar la toalla, vio que él estaba delante del estanque, con la cabeza inclinada y los ojos cerrados–. ¿Qué estás haciendo? –le espetó, y se sumergió de golpe otra vez.

–La piedra es resbaladiza. Quiero asegurarme de que no te caigas.

Tom lo dijo como si fuera lo más normal del mundo y no supusiera un inmenso acto de fe por su parte, pensó Caroline.

Diablos. ¿Qué importaba que la viera desnuda, después de que se había metido en el coche con él sin poner reparos para acabar en medio de ninguna parte?

No le quedaba más remedio que confiar.

Así que se volvió a poner de pie, el agua chorreándole por la piel.

Caminó despacio para no caerse y se dejó envolver en la toalla. Cuando él la rodeó con los brazos, ella no se apartó. Tom no abrió los ojos. Por suerte, se había quitado las malditas gafas de sol.

–¿Nunca mientes?

–No he mirado –repuso él, meneando la cabeza.

Caroline se sujetó la toalla bajo los brazos. Era una toalla muy suave. Entonces, levantó una mano y la posó en la mejilla de él.

–¿Por qué me has traído aquí? Y no quiero que me vengas con que solo querías que estuviera a salvo.

–Es la verdad –afirmó él, sin abrir los ojos.

–Hay cientos de maneras de tenerme a salvo dentro de la ciudad, Tom. Deja de contarme cuentos. ¿Por qué me has traído aquí?

Tom la sujetó de la cintura. Ella tiritó, pero no tenía nada que ver con la temperatura del agua ni del aire.

–Puedo llevarte de vuelta a la ciudad. Si quieres, nos iremos después de cenar.

Caroline quiso lanzarse a sus brazos, besarlo y abofetearlo y dejar caer la toalla. Quiso arrastrarlo al agua con ella y pasarse el tiempo explorando su cuerpo. Quería irse a su casa y, al mismo tiempo, no quería marcharse nunca de allí.

–¿Y si no me quiero ir?

Tom la apretó entre sus brazos. Estaban pecho con pecho. Ella arqueó la espalda, aplastando los pezones contra el torso de él.

–¿Y si me quiero quedar?

–Tú también lo sientes, ¿verdad? –susurró él–. Nunca creí que volvería a sentirlo de nuevo.

¿De nuevo? ¿Qué quería decir con eso? ¡La había llevado allí con el pretexto de protegerla!

Caroline se apartó, aunque no mucho. Se resbaló, entonces, pero no llegó a caer. Al instante, Tom la tenía entre sus brazos, sujetándola como si fuera algo precioso.

–Vaya –dijo ella, impresionada–. Puedes bajarme ya.

–No te he traído hasta aquí para que te rompas la cabeza con las rocas –señaló él con tranquilidad. Pero no la soltó.

Ella no tuvo más remedio que agarrarse a su cuello.

Era muy difícil que algo afectara a Tom. Se mantenía impasible ante asesinos despiadados y había sabido salir airoso de las situaciones más terribles.

Pero tener entre sus brazos a Caroline, mojada y cubierta solo con una toalla, era demasiado. Haciendo un esfuerzo supremo para no devorarla allí mismo, la llevó hasta el dormitorio, la depositó en el suelo y salió.

Le temblaban las manos mientras azuzaba el fuego en la chimenea. Entonces, cuando estimó que ella había tenido suficiente tiempo para vestirse, abrió el vino y lo llevó donde había preparado la mesa. Era mejor centrarse en los pequeños detalles de la cena que pensar en lo que le gustaría estar haciendo con ella en el dormitorio.

Al final, no pudo soportarlo más. Se bebió de un trago un vaso de vino. No solía beber mucho. No le gustaba que se le adormecieran los sentidos.

En ese momento, sin embargo, necesitaba adormecerlos a toda costa. No quería estar pensando todo el tiempo en el aroma de Caroline, combinado con el frescor de su piel tras el baño. Ni en su contacto entre los brazos o el tacto de su piel desnuda.

Maldición. Estaba actuando irracionalmente. Por eso, hizo lo único que pudo. Pensó en la única persona que siempre podía mantener su atención, quien lo ayudaba a pasar por los peores momentos y a dormir en los días malos.

Stephanie. Su mujer.

Cielos, había sido demasiado perfecta para ser real. La primera vez que la había visto con ese vestido ajustado blanco, el pelo negro como el azabache y sus hermosos ojos azules...

Todavía podía recordar cómo el rostro de Stephanie se había iluminado cuando habían establecido contacto ocular. Todavía podía sentir la chispa que se había encendido en su pecho, mientras había caminado hacia ella entre la multitud. En ese instante, había sabido que había sido su alma gemela, la mujer destinada a ser suya.

Pero, por primera vez en muchos años, el recuerdo de Stephanie no mantuvo su atención. En vez de detenerse en el pasado, sus pensamientos lo impulsaban al presente sin piedad.

Oyó cómo se abrían las puertas del patio y, luego, se cerraban. Oyó pisadas cruzando el porche y bajando la escalera. Oyó la brisa de la noche y el sonido de la cascada corriendo hacia el río.

Y, cuando Caroline se sentó y la miró, apareció esa chispa de nuevo entre ambos, amenazando con derribar todas las barreras que Tom había erigido alrededor de su corazón.

Caroline no era Stephanie. Stephanie nunca se habría dejado ver con unos viejos pantalones cortos y una camiseta desteñida. Jamás habría llevado chanclas. Ni se hubiera presentado a cenar con el pelo mojado cayéndole sobre los hombros.

—Espero que quede algo para mí —dijo Caroline, tomando el vaso vacío en sus manos.

Stephanie tampoco le habría hablado así.

—Ya te lo he dicho —dijo él, sirviéndole vino—. No soy mal anfitrión. Enseguida tendrás tu pizza.

Tom tomó la pizza y servilletas de la cocina. Bendita fuera Lilly por haber podido preparar algo con tan poco tiempo de antelación, pensó.

Caroline no se había movido de su sitio, solo había subido los pies a la silla. No era perfecta, no. Pero parecía que había sido hecha para estar allí.

—Con *pepperoni* —dijo él, tendiéndole el plato.

Ella tomó la pizza y, durante un rato, ninguno de los dos habló. Lilly había preparado su plato preferido y lo Tom lo devoró sin miramientos.

Aunque intuía lo que se avecinaba. Caroline no iba a quedarse callada mucho tiempo. Al final, dejó el plato a un lado y se volvió hacia él.

—¿Y bien?

—¿Y bien? —repitió él—. ¿Tienes alguna pregunta?

—Claro que sí —contestó ella, aunque su tono sonó lánguido y suave—. Explícame lo de esta casa.

—Ya te lo he dicho. La construí yo.

—Tú solo.

—Eso es.

—¿Con qué dinero? —inquirió ella tras unos segundos de silencio—. Porque el baño es uno de los más increíbles que he visto. Y la cocina es el sueño húmedo de cualquier chef.

Él rio y ella, también.

—Por lo general, la calidad merece su precio.

—Ya. ¿Y cómo lo has pagado? Un agente del FBI no gana tanto dinero, por muy agente especial que sea. Tienes una cabaña de lujo en un terreno que adivino es inmenso —comentó ella.

Era una mujer lista, se dijo Tom, pensando que le encantaría verla actuar como abogado en un juicio.

—Ochenta acres desde la puerta hasta el borde de la reserva Red Creek. Crecí a unos cincuenta kilómetros de aquí —dijo él, mirándola a los ojos—. Me gusta tener intimidad.

Caroline sopesó por un instante la información.

–Y tienes un piso en Pierre.

–Y otro en Rapid City. Tengo mucho territorio bajo mi jurisdicción. Además, tengo un refugio en Pierre donde puedo esconder a gente durante un tiempo –confesó él. Y, de pronto, se dio cuenta de lo que acababa de admitir.

Podía haberla puesto a salvo en el refugio. Habría sido incómodo para una jueza tener que compartir su espacio con prostitutas y extoxicómanos, pero habría sido un sitio seguro.

Sin embargo, la había llevado hasta allí.

–¿Y todas esas propiedades te pertenecen?

–Eso es –afirmó él, y estiró las piernas, relajándose por primera vez en todo el día.

No era un hombre acostumbrado a relajarse. Había demasiados criminales que perseguir y atrapar. Había hecho tantos enemigos en su trabajo que rara vez bajaba la guardia.

Pero allí, sentado junto al fuego con una mujer hermosa en una bonita noche de verano y una botella de vino para compartir…

–¿Quién pagó las casas? –inquirió ella, más curiosa que acusadora.

–Mi mujer.

Capítulo Seis

Debía de haber oído mal, se dijo Caroline.

–¿Tu mujer? –dijo ella. ¿Estaba casado? Entonces, ¿por qué la había sujetado de esa manera en el estanque?–. ¿Dónde está?

Tom bajó la vista a la copa.

–Enterrada, junto a sus abuelos, en Washington, D.C.

Caroline se quedó sin respiración.

–Lo siento –dijo ella, sintiéndose una estúpida. Había estado a punto de acusarlo de adúltero.

Él se encogió de hombros, poniendo cara de póker.

–Murió hace nueve años en un accidente de coche, por culpa de un conductor borracho. Debería haber estado yo al volante, pero me había quedado en una fiesta. Tenía algunos asuntos de trabajo de los que ocuparme.

Caroline se estremeció.

–¿En Washington?

Tom asintió y miró al cielo. Caroline siguió su mirada y lo que vio le quitó la respiración. Las estrellas se veían con toda claridad, pues estaban muy lejos de las luces de la ciudad.

–El FBI fue mi forma de salir de la reserva –comenzó a decir él–. Pero yo no estaba solo. Rosebud, la hermana pequeña de mi mejor amigo, Tanner, consiguió una beca para estudiar en Georgetown y nos vimos juntos allí. Éramos dos peces lakotas fuera del agua.

Caroline tenía muchas preguntas, pero decidió que, ya que Tom estaba hablando, era mejor no interrumpirlo.

–Carlson y ella fueron a clase juntos y empezaron a salir. Ahora, Rosebud es la abogada de la tribu de Red Creek. James y yo nos hicimos amigos y me hacía acompañarlo a todas las fiestas que daban sus padres. Siempre me pareció una forma tonta de perder el tiempo, pero... –recordó él, y se encogió de hombros–. Así es como conocí a Stephanie.

Hablaba con tanta ternura que Caroline se sintió como una idiota. Era obvio que había amado a su mujer. Y no pudo evitar tener envidia de la mujer que había conquistado el corazón de Pájaro Amarillo.

–Carlson y ella eran amigos desde niños. Creo que sus madres querían que se casaran, pero los dos prefirieron juntarse con indios sin dinero y sin apellido –continuó él y rio, como si fuera gracioso–. Carlson vino al oeste porque Rosebud y yo necesitábamos que nos ayudara con un caso, y conoció a Maggie... Es una historia muy larga. Dile a Maggie que te la cuente algún día –añadió con tono melancólico–. La trata bien, y eso es bueno.

Por la forma en que lo dijo, Caroline adivinó que, si Carlson no tratara bien a su esposa, habría derramamiento de sangre.

–Entonces, ¿cuánto tiempo llevas trabajando con Carlson? –preguntó Caroline y, al momento, se dio cuenta de que Tom estaba dando por hecho que conocería algún día a Maggie, una de sus más viejas amigas. Maggie debía de conocer todas sus travesuras de la infancia, todo lo que le había pasado, bueno y malo.

Carlson también era su amigo más íntimo. Y Tom acababa de sugerir que ella los conocería. Más que eso, había insinuado que podría charlar con ellos en un escenario personal y no en un juzgado.

–Nos conocemos desde hace catorce años.

Caroline hizo cuentas. Si Stephanie había muerto hacía nueve años…

—Estuve casado durante cuatro años. Imagino que estás intentando averiguarlo.

—No es lo único que me gustaría averiguar —murmuró ella—. ¿Era rica?

—Su madre era una rica heredera y su padre era senador —respondió él y exhaló—. Intentábamos no hablar de política. Su familia hizo una esfuerzo para aceptarme, lo cual les agradezco. Pero yo provenía de un mundo diferente.

—Lo entiendo. Este lugar es diferente —comentó ella, admirando las estrellas que se extendían sin límite ante sus ojos—. Siento lo de tu mujer —dijo, tras un largo silencio. Aunque sabía que sus palabras no eran suficientes. Él había perdido a alguien a quien había amado mucho y nada podía cambiar eso. Le dio la mano y se la apretó.

Él se la apretó también. Y ninguno de los dos se soltó.

—Así que tienes todo esto gracias a su dinero.

—Hice inversiones muy provechosas —explicó él—. Ella llevaba una organización benéfica. Su madre es quien la dirige ahora —añadió, y abrió la boca, como si fuera a decir algo más, pero volvió a cerrarla, meneando la cabeza—. ¿Y qué me dices de ti? —preguntó, ladeando la cabeza. De pronto, las líneas de tensión habían desaparecido de alrededor de sus ojos y tenía los labios relajados. Parecía diez años más joven—. ¿Algún marido muerto u otro secreto bajo la almohada?

Ella se quedó callada un momento. No tenía ningún deseo de hablarle de las malas elecciones que había tomado en el pasado, aunque se alegraba de que dejaran de hablar de su mujer.

—No. Siempre pensé que, una vez que mi carrera

profesional estuviera estable, me dedicaría a tener familia. Tengo tiempo.

El rostro de él se bañó con una expresión de honda tristeza, antes de que volviera la atención a las estrellas.

–Yo solía pensar lo mismo.

A Caroline no le gustaba verlo así.

–Casi me prometí una vez, en la universidad –contó ella, sorprendiéndose a sí misma por su confesión. Nunca le había hablado a nadie de Robby–. Éramos jóvenes y estúpidos y creíamos que podíamos luchar contra el mundo. Pero ni siquiera logramos terminar la carrera juntos.

Era una forma sutil de exponerlo, reconoció Caroline para sus adentros. La verdad había sido que no habían podido superar un falso embarazo. Ella odiaba cometer errores, y ese en concreto había estado a punto de cambiar el curso de su vida por completo.

Robby y ella habían hablado de casarse, de esa forma ilusa que tenían los jóvenes cuando estaban locos de pasión. Pero, cuando se le había retrasado el periodo tres días…

Caroline se estremeció al recordarlo y, de nuevo, dio las gracias porque hubiera sido el estrés y no un embarazo lo que le había trastocado el ciclo menstrual.

–Las cosas no salieron como las habíamos planeado –admitió ella. Era una forma amable de decir que, cuando le había contado a Robby que temía estar encinta, él había salido corriendo. La fantasía de amor eterno se había derrumbado ante sus ojos de golpe. Y había comprendido que había cometido el error más grande su vida. Al menos, hasta ese momento.

Era irónico, teniendo en cuenta que, de niños, Trent solía apodarla el Error. Sus padres nunca la habían tratado como si lo hubiera sido, por supuesto. Pero Trent, sí. A su hermano le habría encantado verla caer en la misma metedura de pata en su vida adulta.

—Creí que iba a ser perfecto, pero solo conseguí que se me rompiera el corazón.

—¿No te casaste con él?

—No.

Tom se encogió de hombros.

—Nadie es perfecto. Sobre todo, en las relaciones de pareja.

Ojalá fuera tan sencillo, se dijo ella.

—De todas maneras, nunca hablo de eso con la gente. Me hace quedar como una persona que no sabe tomar la decisión correcta, ¿entiendes?

—Claro. Imagino que ese tipo no estaría a tu altura.

Caroline rio.

—Si te dijera que estoy de acuerdo contigo, te parecería una vanidosa.

—Nada de eso.

La risa de él sonó cálida y sincera. Ella tuvo ganas de acurrucarse a su lado.

Pasaron unos minutos en silencio. Caroline le dio otro trago a su vaso de vino, sintiendo cómo el estrés del día dejaba lugar a una agradable sensación. Tom no pensaba mal de ella porque hubiera estado a punto de atarse al hombre equivocado. Tal vez, no la despreciaría si supiera que había cometido un error aún mayor al haber confiado en el hombre equivocado.

—¿Tom?

—¿Sí?

—Todavía no has respondido a mi pregunta.

¿Qué hacía ella allí? ¿Qué pasaba entre los dos? Caroline estaba segura de que Tom no solía llevar a potenciales testigos para protegerlos en su casa, ni para que se bañaran desnudos en su estanque o le dieran la mano bajo las estrellas.

Quería pensar que había algo, que ella era distinta para él.

¿Tan egoísta era querer un poco de Tom Pájaro Amarillo para ella sola? Lo deseaba. No como protector, ni como defensor de la ley… sino como algo más.

No era egoísta. Era estúpido, un riesgo que no debería correr.

Entonces, ¿por qué no dejaba de acariciar esa posibilidad? Cielos, había pasado demasiado tiempo desde la última vez que se había soltado el pelo y había disfrutado del sexo. Y allí, tan lejos del resto de la humanidad y de los juzgados…

Era como si estuvieran en una burbuja, apartados del mundo y de las consecuencias reales.

¿Qué tenía de malo relajarse un poco? Tom sería un amante maravilloso, Caroline estaba segura. Y, tras haber visto dónde vivía y cómo vivía, estaba segura de que no compartiría con nadie lo que pudiera pasar entre ellos. Además, ningún tipejo se atrevería a poner cámaras allí. Él no lo consentiría.

Sin duda, podría disfrutar de un poco de placer con él sin echarlo todo a perder, caviló ella, contemplando su perfil. Si tomaba las precauciones necesarias, si no dejaba que su corazón se viera implicado, ¿qué podía pasarle?

Tom se tomó su tiempo para responder. Entonces, de pronto, se puso en pie.

–Es tarde –dijo él, mientras tiraba de ella para que se levantara–. Deja que te muestre tu dormitorio.

Sí, quería más, admitió Caroline para sus adentros. Pero estaba claro que, al menos por el momento, no iba a conseguirlo.

***

59

A Tom siempre le había gustado su cama. Era un colchón de excelente calidad, de tamaño extragrande, con sábanas de exquisito algodón tejido a mano. El ventilador del techo giraba sobre su cabeza con un suave zumbido relajante. La cena había estado deliciosa y el vino, excelente. Era lo más parecido a la paz que había conocido.

Entonces, ¿por qué no se podía dormir?

Porque Caroline estaba al otro lado del pasillo.

Se obligó a sí mismo a quedarse quieto y a no pensar. Aunque no pudiera dormir, podía descansar. Eso era todo lo que necesitaba. No había por qué estar alerta. Tenía un fin de semana para reponer fuerzas por delante. Solo tenía que ocuparse de mantener su libido bajo control.

Para distraerse, se puso a repasar lo que iba a hacer el lunes. Por la mañana, tenía que tomar un vuelo a Washington. Era el único vuelo que había en todo el día, así que no podía elegir el horario. Luego, cenaría con el senador y la señora Rutherford, sus suegros. Después, asistiría a la gala para recaudar fondos para la Fundación Rutherford, la organización benéfica que Stephanie había fundado con el dinero de su herencia y que, en el presente, dirigía su madre. A Tom le gustaba ayudar siempre que podía. Era su forma de honrar a su difunta esposa.

Aunque no le gustaban las fiestas de la alta sociedad. No podía quitarse de encima la sensación de que era un intruso. Por otra parte, aunque respetaba a los Rutherford, verlos seguía siendo para él un triste recordatorio. Celine Rutherford se parecía mucho a su hija, y se le rompía el corazón al mirarla y pensar que ese aspecto habría tenido Stephanie si hubieran tenido la oportunidad de hacerse viejos juntos.

Por lo general, no solía viajar para cosas así. Tenía casos que resolver, criminales que atrapar… y los Rutherford lo entendían. Ellos nunca cuestionaban su ética en el trabajo. En realidad, se mostraban contentos con los pequeños mensajes de saludo que Celine le enviaba de vez en cuando o con las tarjetas de felicitación en las Navidades.

Pero, una vez al año, Tom iba a verlos. Se sentaba con los Rutherford y celebraba el recuerdo de su esposa y su legado. La fundación estaba dedicada a ofrecer oportunidades educativas a niñas y mujeres de todo el mundo. Y, gracias a su implicación, había conseguido que algunas de esas becas fueran a parar a diversas reservas de nativos americanos en Estados Unidos.

De todas maneras, su viaje no podía haber sido en peor momento. Cuando había tomado la decisión de llevar a Caroline allí, había supuesto que tendría el tiempo necesario para llevarla de vuelta a la ciudad y limpiar su casa de micrófonos. Sin embargo, después de haber hablado con Carlson, mientras ella había estado en el estanque, se había dado cuenta de que no podría revisar la casa en persona, si tenía que tomar ese avión. Iban a tener que levantarse antes del amanecer el lunes, para tener suficiente tiempo para pasarse por su piso en Pierre y empacar su esmoquin.

Al menos, Carlson podía ocuparse de revisar de arriba abajo la casa de Caroline con el detector de escuchas, el mismo lunes. Tom preferiría hacerlo él mismo, aunque confiaba en Carlson. De todas maneras, iba a comprarse su propio equipo de detección de micros. Al diablo con usar siempre el del FBI. En internet podía comprar algo de buena calidad.

Siguió repasando sus planes tumbado en la cama. Era mejor pensar en aeropuertos y esmóquines que en la imagen de Caroline desnuda en el agua.

La había dejado allí casi durante veinte minutos,

mientras había llamado a Carlson y había ido a sacar las pizzas del horno. Y, todo ese tiempo, no había estado pensando en su desaparecida Stephanie, ni en la gala benéfica. Lo cierto era que apenas le había dado vueltas a los casos de corrupción en el juzgado o a los intrusos que habían entrado en casa de Caroline.

Solo había podido pensar en su invitada desnuda en su estanque.

Incluso en ese momento, podía imaginársela allí, con la luz dorada del atardecer bañándole el pelo, el agua rojiza de manantial acariciándole la piel. Cielos, debía de haber estado hermosísima.

De pronto, percibió movimiento en la casa. En medio de la noche, era normal que el olor de la pizza atrajera a insectos y pequeños animales. Sin hacer ruido, Tom se levantó y escuchó.

El sonido que oyó era de suaves pisadas, un picaporte que giraba. Y no provenía del exterior. No se movió hasta que Caroline entró en la habitación. Solo esperaba que ella no pretendiera degollarlo.

Esperó hasta que ella comenzó a acercarse.

–Ya te dije que tengo el sueño muy ligero.

–¿Estás despierto? –preguntó Caroline, sorprendida.

–Igual que tú.

–Yo… –musitó ella, y tomó aliento–. No podía dormir.

–¿Ah, no?

Al verla con una bata corta de algodón y el pelo revuelto, Tom temió no poder contenerse.

–¿De verdad crees que alguien quiere intentar chantajearme?

–No hay nada seguro, pero es probable. ¿Tienes algo que ocultar? –preguntó él, deseando con desesperación que respondiera que no. Quizá, porque era

62

muy tarde. O, tal vez, porque no había podido dejar de pensar en ella desde que la había visto en acción en el juzgado, severa y hermosa.

O igual era solo porque estaba en su dormitorio de noche, buscando su apoyo.

Durante años, Tom había puesto toda su energía en el trabajo. ¿Qué otra cosa le quedaba? Había perdido a su mujer. Y no tenía familia.

Lo único que le quedaba era la búsqueda incansable de la verdad y la justicia. Se entregaba al FBI en cuerpo y alma y, cuando le sobraba tiempo, se dedicaba a rescatar chicas de la prostitución.

Más que nada, quería que Caroline fuera honesta y sincera. Y quería tenerla para él solo. Sí, aunque eso significara pensar como un bastardo egoísta, quería que fuera suya, al margen del caso en el que estaba trabajando.

La deseaba. Cielos, era maravillosa la sensación de poder desear de nuevo. Y, mejor aún, era sentirse deseado.

Hubo una larga pausa. Tom pensó que igual había malinterpretado la situación.

–No tengo trapos sucios, aunque…

–¿Aunque qué? –preguntó él, alerta al instante.

–¿Quién sabe si hay algo que pueda ser usado en mi contra?

Despacio, Tom se sentó en la cama, ignorando una poderosa erección.

–Yo puedo decírtelo –respondió él–. Cuéntame lo que quieras y te diré si podría ser usado para ensuciar tu reputación o no.

Tom notó cómo ella tragaba saliva. Durante un instante, presintió que estaba dispuesta a darse media vuelta y salir corriendo.

–Me gustan los hombres –comenzó a decir ella con voz apenas audible.

Por el momento, no parecía tan malo, se dijo él.

–¿Los hombres?

Caroline asintió en la penumbra.

–No hay nada de malo en eso. Creo que es normal. A menos que… –observó él, y respiró hondo, intentando mantener el control de su erección–. ¿Haces algo con tu pareja que pueda ser considerado peligroso?

Ella exhaló.

–Yo… Me gusta estar arriba. Me han dicho que mis pechos son muy sensibles. Me gusta cuando mi amante me los acaricia y los lame. Pero sin morder, son demasiado sensibles para eso.

Con el corazón galopándole el pecho, Tom no pudo evitar imaginársela encima de él, mientras enterraba la cabeza en sus pechos.

–Eso no parece fuera de lo normal –dijo él con voz ronca. Necesitaba sentir su húmeda calidez. Ansiaba meterse uno de sus pezones en la boca y succionar hasta hacerla gritar de placer. Quizá, nunca había sentido tanto deseo en su vida.

Sin embargo, Tom no se movió. No quería hacer nada que rompiera el hechizo. Ella estaba confesándole sus más íntimas fantasías.

–¿Hay algo más que pueda ser considerado inusual?

–Yo… –dijo ella, y dio un paso hacia él.

La chispa que había saltado desde el primer momento se había convertido en una llamarada que prendía fuego en la oscuridad del dormitorio. Tom estaba más caliente que nunca. Esa mujer lo volvía loco.

–Me gusta cuando el hombre me pone de rodillas y me toma por detrás.

A pesar de que era un experto en ocultar sus emociones, Tom no pudo contener un hondo gemido.

–¿Ah, sí?

–Eso no es peligroso, ¿verdad? –continuó ella con

voz temblorosa, pero no de miedo, sino de deseo–. A veces, fantaseo con que un hombre entre en mi despacho y me tumbe sobre la mesa porque no puede esperar. Igual me sujeta del pelo o me clava las uñas en la piel. No puede esperar ni siquiera a desvestirse –añadió, estremeciéndose–. ¿Te parece mal? Es tan arriesgado…

–¿Mal? –repitió él, y soltó una carcajada–. Nunca he oído nada que me pareciera tan bien.

El rostro de ella se iluminó de alivio.

–Sin embargo, yo esperaría a que tu despacho hubiera sido limpiado de micros y cámaras. Y solo lo haría con un hombre en quien confiara sin dudarlo.

Caroline dio otro paso hacia él. Tom contuvo el aliento. Desde donde estaba, podía verle las piernas desnudas, iluminadas por la blanca luz de la luna llena.

–Ese es el problema, ¿entiendes? No confío en ningún hombre.

–¿No?

Caroline meneó la cabeza.

–Solo confío en ti.

Tom se puso en pie antes de poder pensarlo. La tomó entre los brazos y la besó.

No, más bien, la devoró, mientras le recorría todo el cuerpo con las manos.

–¿Algo más que pudiera ser usado en tu contra? –le susurró él al oído, antes de succionarle el lóbulo de la oreja.

–No me gusta el sexo demasiado suave –dijo ella, su cuerpo vibrando entre los brazos de él–. Me gusta salvaje y desenfrenado…

Él no podía soportar más esa exquisita tortura. La levantó en sus brazos y la llevó a la cama.

–Quería hacer esto antes, pero no sabía si tú querías.

Caroline lo agarró de la camiseta, bajó las manos a

la cintura de sus pantalones cortos y se los bajó con los calzoncillos.

Él le quitó el camisón. Más bien, se lo arrancó. Y presionó su erección contra la piel desnuda de ella.

–Yo siento lo mismo que tú. Te deseo –repuso ella, levantando hacia él sus ojos brillantes bajo la luz de la luna.

Cuando Tom se quedó paralizado un segundo, Caroline se preguntó si había dicho algo malo.

En silencio, sin pensar, rezó porque aquello no fuera un error.

No lo sería y punto, se aseguró a sí misma. Ya no era una ingenia adolescente. Tom y ella eran adultos responsables y era muy razonable quemar un poco del estrés del día disfrutando de placeres consensuados. Lo que pasara en su dormitorio no tendría nada que ver con los juzgados ni con los casos de corrupción.

Sin previo aviso, Tom la soltó y se puso de rodillas. La agarró de las caderas y tiró de ella hacia el borde de la cama, agarrándola con fuerza.

–Caroline –susurró él, mordisqueándole la cara interna del muslo–. ¿Alguna vez has soñado con esto?

Entonces, comenzó a lamerla y saborearla, succionando su tierna carne. Ella enterró los dedos en el pelo de él, rindiéndose a un mar de deliciosas sensaciones. Él se puso sus piernas por encima de los hombros, para tener mejor acceso.

–A veces –gimió ella.

El sexo oral era un territorio poco conocido para Caroline. Sus amantes no habían estado interesados o habían sido demasiado patosos. Lo peor era que cuando bajaban unos minutos a su parte íntima, consideraban que eso contaba como intercambio por una felación.

Sin embargo, Tom era diferente. No solo se entregaba a ello con entusiasmo, sino que sabía lo que hacía. Atormentaba su clítoris sin clemencia con la lengua. Deslizó una mano por su vientre, hasta uno de sus pechos, hasta el pezón. Con la otra mano... Cuando le introdujo un dedo dentro, ella casi se cayó de la cama. Quiso gritar de placer, pero no lo hizo. Estaba demasiado embelesada con las sensaciones que la atravesaban.

Sus fantasías no eran tan buenas. Tom encontró el ritmo adecuado. Jugaba con su pezón, le lamía el sexo y la penetraba con lo dedos. No le daba cuartel, ni tiempo para pensar en nada. La llevó sin piedad cada vez más cerca del orgasmo. Él debió intuirlo, porque en ese momento, en vez de frotarle el pezón, lo apretó entre el índice y el pulgar y emitió un hondo y ronco murmullo.

Caroline apretó los muslos, recorrida por un maremoto de placer. Cuando sus miembros cayeron con languidez, Tom retiró los dedos, sin dejar de posar pequeños besos en su sexo. Dejó de apretarle el pezón y comenzó a acariciarle los pechos, el vientre. Despacio, se apartó de su cuerpo.

Caroline se estremeció ante la separación. Necesitaba decir algo, demostrarle lo mucho que le había gustado. Debería devolverle el favor de alguna manera.

Sin embargo, no podía moverse. Estaba plena de satisfacción, incapaz de hacer poco más que sonreír.

—Espero que eso que has hecho no se considere una actividad peligrosa.

Tom se puso en pie. La luz de la luna besó su piel, dándole un aspecto de ser de otro mundo. Su erección era impresionante. Ella alargó la mano para tocarle la punta.

—No —dijo él con voz ronca—. No creo que haya nada de malo en ello —añadió, la agarró del tobillo y la besó en la planta del pie, haciéndola reír.

Entonces, se colocó encima de ella. El aroma a sexo impregnaba el aire. De pronto, inesperadamente, a Caroline se le inundaron los ojos. Había necesitado a ese hombre desde hacía mucho tiempo.

—Tú decides.

—¿Sobre qué? —preguntó ella, tocándole el rostro con la punta del dedo.

—¿Quieres que te de la vuelta o quieres ponerte arriba?

Caroline soltó un grito sofocado, arqueando la espalda hacia él. Bendito hombre. Había prestado atención a sus confesiones íntimas de hacía unos minutos.

—¿Quieres que te lama los pechos o que te azote el trasero?

—Yo me pongo arriba —decidió ella, cambiando de posición para hacer lo que decía.

—Me encanta que una mujer sepa lo que quiere.

Capítulo Siete

–¿Preservativos?

Tom necesitó unos segundos para digerir las palabras de Caroline. Apenas podía pensar en nada más que en la forma en que ella se sentaba sobre su erección. Podía sentir la calidez de su sexo... tan cerca y, a la vez, tan lejos todavía. Arqueó las caderas, para pegar sus genitales un poco más.

Ella gimió, acomodándose sobre su erección. Pero, antes de que la penetrara, volvió a levantar la vista hacia él.

–Tom. Preservativo.

–Eh...

Lo responsable era usar un método anticonceptivo, claro, se dijo él. Y, haciendo un esfuerzo supremo, se apartó un momento.

–Un segundo.

Tenía un botiquín de emergencia en el almacén con todo lo que podía necesitar para sobrevivir unos meses allí. Entre otras cosas, tenía preservativos no lubricados. Solo tenía que encontrarlo. Y tenía que hacerlo desnudo, sin mirar las fotos de la pared.

Mientras buscaba, casi podía sentir la mirada de Stephanie. Era ridículo, pero no se atrevía a posar los ojos en sus fotos de boda. No podía tenerlas colgadas a la vista, pero tampoco era capaz de guardarlas en un álbum en una balda. Así que vivían allí, en su almacén.

Stephanie habría querido que él siguiera con su vida, que tuviera más relaciones, caviló. Ella lo había amado con toda su alma, y no habría querido que pasara solo el resto de la vida. Aunque tener sexo con Caroline no tenía nada que ver con el resto de su vida, se recordó a sí mismo.

Stephanie habría querido que fuera feliz. La dulce Stephanie, amante de la lenta seducción y de someterse silenciosamente en la cama. Nunca había querido hacer el amor en otro sitio. Ni en un despacho, ni sobre una mesa.

Al fin, Tom encontró los preservativos y un tubo de vaselina. Le pareció que había tardado una eternidad, pero probablemente no habían pasado más de cinco minutos.

Cuando regresó al dormitorio, temía que la magia del momento se hubiera esfumado.

Hizo una pausa en la puerta, preguntándose si ella se habría quedado dormida. ¿Habría cambiado de opinión? ¿Iba a tener que ir a meterse en el estanque helado para sofocar su erección?

Él podía ocuparse de sí mismo. Llevaba años haciéndolo. Pero no quería hacerlo. Quería volver al mismo lugar donde lo habían dejado, como dos adultos a punto de hacer lo que más deseaban.

Y la deseaba mucho.

La había deseado desde el primer momento.

–¿Tom? –llamó ella con suavidad. No era la voz de una jueza, sino de una mujer que necesitaba ser satisfecha.

Durante un segundo, él pensó que le gustaría ser más experimentado. Tal vez, había olvidado cómo se hacía, porque había pasado mucho tiempo desde que había tenido sexo con otra persona.

Entonces, se humedeció los labios. Todavía tenía el sabor de ella en la boca. El sexo no se olvidaba nunca. Era como montar en bici, pero mucho más divertido.

–Aquí estoy.

Caroline estaba tumbada de lado bajo la luz de la luna. Esperando ser besada de nuevo. La contempló mientras ella se acariciaba un pecho y se frotaba el pezón. De inmediato, su erección volvió a crecer.

–¿Has encontrado un preservativo? –preguntó ella, jadeante.

–He encontrado varios.

–Oh, menos mal –dijo ella, se incorporó y palmeó el espacio a su lado en la cama–. Ven, Tom.

Él dejó los paquetes sobre las sábanas y trepó a su lado.

–Te sienta bien estar en mi cama –murmuró él, tumbándose boca arriba–. Me gusta verte aquí.

Cuando alargó la mano para tomar el preservativo, ella inclinó la cabeza y comenzó a chuparle el miembro.

–Caroline –gimió él, intentando hacerla subir.

–No me has dicho qué te gusta –susurró ella, mientras lo lamía en toda su longitud.

Él la sujetó del pelo, debatiéndose entre hacerla subir y mantenerla donde estaba. Sumergido en un mar de nuevas sensaciones, apenas podía pensar. Su boca era húmeda y cálida. Y salvaje.

–Esto… me gusta –gimió él, arqueando la cabeza sin querer–. Cielos, Caroline.

Entonces, la miró. Ella tenía los ojos levantados hacia él mientras succionaba, con una enorme sonrisa.

–No es una actividad peligrosa, ¿verdad?

No iba a lograr contenerse, se dijo Tom. Se incorporó y la apartó. Necesitaba la barrera del preservativo entre ellos, porque Caroline era demasiado excitante.

–No puedo esperar –murmuró él. Se puso el preservativo y lo embadurnó de vaselina–. Necesito tenerte, ahora.

–Sí –susurró ella, montándolo de nuevo. En esa ocasión, sin embargo, no se apartó cuando notó su erección en la entrada. Se bajó sobre ella, despacio al principio y, luego, de una sola vez, hasta el fondo–. Oh, sí, Tom.

A Tom se le quedó la mente en blanco ante aquel placer incandescente. Había pasado mucho tiempo, pero su cuerpo no lo había olvidado. El olor a sexo los rodeaba, mientras su cuerpos estaban perfectamente pegados. Haciendo un esfuerzo para salir de su ensimismamiento, abrió los ojos y recordó lo que ella le había dicho. Alargó la mano a sus pechos.

–Son preciosos.

–¿Te gustan? –preguntó ella, meciéndose hacia delante y hacia atrás.

–Sí –dijo él, la sujetó de la espalda y la empujó hacia abajo, hasta tocar uno de sus pezones con la boca–. Pero me gustan más aquí –susurró, y comenzó a succionar.

Caroline se excitó todavía más con la atención que dispensaba a sus senos. Gimió, mientras él la devoraba sin miramientos.

Perdido en su cuerpo, su sabor, sus sonidos, Tom vio cómo ella se agarraba al cabecero de la cama y lo montaba con frenesí.

Él logró contenerse hasta que, al fin, ella echó la cabeza hacia atrás y gritó su nombre. Entonces, la agarró de las caderas, clavándole las uñas en la piel, la penetró hasta el fondo y se dejó ir.

Caroline se desplomó sobre su torso, jadeando. Él la rodeó con sus brazos en silencio. En ese momento, se sintió como si estuviera en su hogar.

¿Cómo era posible que, al haberse perdido en ella, se había encontrado a sí mismo de nuevo? Pero, por primera vez en mucho tiempo, se sintió vivo.

–Tom –susurró ella.

–Sí –repuso él, y exhaló, deseando ser más joven y poder tomarla una y otra vez. Se apartó un poco, lo justo para quitarse el preservativo, y volvió a abrazarla–. Ha sido increíble.

Tras unos minutos, ella se incorporó sobre un codo, mirándolo con una sonrisa de felicidad. Tom casi había empezado a quedarse dormido.

–Bueno, ¿cuáles son tus planes para el resto del fin de semana?

Entonces, quizá porque no era tan viejo como pensaba, él se tumbó encima de ella y la cubrió con su cuerpo.

–Esto. Pizza, vino y esto, Caroline.

–Al fin, una respuesta directa –murmuró ella, rodeándolo por la cintura con las piernas.

Justo cuando entró dentro de ella, Tom se dio cuenta de que la sensación era más intensa que la última vez. Salió para ponerse otro preservativo antes de continuar.

Al fin estaba donde quería estar. Y tenía la intención de quedarse.

Capítulo Ocho

Era un error, se dijo Tom, parado junto a la cama, mientras observaba el cuerpo dormido de Caroline. Un error táctico. Se había metido en un buen lío.

No debería haberla llevado allí, sabiendo que tenía que tomar un avión a Dakota del Sur el lunes por la mañana. Y no debería haberse acostado con ella tampoco.

Pero había hecho ambas cosas. Por primera vez, no había dado prioridad a su trabajo y al caso que tenía entre manos. E iba a tener que enfrentarse a las consecuencias.

A ella no iba a gustarle.

—Caroline.

—¿Hora de levantarse? —preguntó ella, tras abrir los ojos, mirándolo somnolienta.

—Sí.

Tom le tendió una taza de café. Ella se sentó para tomarla y la sábana se le cayó hasta la cintura. Él casi gimió al verle los pechos. Hubiera preferido haberla despertado de otra manera.

Ella sonrió con una invitación en la mirada.

—¿Cuánto tiempo tenemos?

Tom apretó los dientes. Se habían dado un homenaje durante todo el fin de semana. Pero ese era un lujo que no podían permitirse esa mañana.

—Vístete.

Caroline parpadeó.

—¿Otra vez estamos con lo mismo? ¿No vas a darme ninguna respuesta directa? Vamos, cariño.

Maldición, pensó él. Eran poco más de las cinco de la mañana. Lo único que quería era meterse en la cama con ella y olvidarse del resto del mundo, igual que había hecho los últimos dos días.

El resto del mundo, sin embargo, no iba a dejarse olvidar. Tom se sentó en la cama. Y eso fue un error, porque ella alargó la mano y le tocó la mejilla.

—Ha habido un cambio de planes.

Ella lo miró con preocupación.

—¿Qué ha pasado?

—Vas a venir a Washington D.C. conmigo.

—Pero tengo que trabajar… —repuso ella al fin, boquiabierta.

—Ha habido una emergencia. Tu casa no estará lista cuando salgas del trabajo hoy y no quiero arriesgarme a que vuelvas allí hasta que no hayamos podido revisarla. Así que, vendrás conmigo.

Caroline parpadeó de nuevo y, de un solo trago, se terminó el café. Luego, sonrió.

—Es muy gracioso, Tom, de verdad. Es un poco temprano para bromas, pero me alegra saber que tienes sentido del humor —comentó ella. Al ver que él no sonreía, sin embargo, le cambió la cara—. Espera… ¿no es una broma?

Tom negó con la cabeza.

—Este viaje está planeado desde hace meses. Pensé que podría revisar tu casa antes de que mi vuelo saliera esta mañana pero, cuando me di cuenta de que no iba a tener tiempo, le pedí a Carlson que lo hiciera por mí. Ahora, ha tenido una emergencia y no podrá hacerlo tampoco.

—Tengo que ir a Washington porque tú tienes que ir a Washington —repitió ella, muy despacio, como si estuviera intentando aprender una lengua extranjera.

Él asintió.

–Porque a la única persona en quien confías para que revise tu casa, que ni siquiera estamos seguros de que tenga micrófonos o cámaras, le ha surgido una emergencia.

–Correcto.

Caroline apartó las sábanas y, a pesar de lo pronto que era y de que las circunstancias eran poco propicias, a él se le aceleró el pulso al verla deambular desnuda por la habitación.

–Tengo vistas citadas para hoy –anunció ella en voz muy alta–. No puedo irme en un avión contigo. Tiene que haber otra persona…

–No, no la hay. Ya te he dicho que Carlson y yo mantenemos en secreto nuestras actividades. Si le pedimos a otra persona que se ocupe de tu casa, eso podría comprometer las investigaciones. La mujer de Carlson tiene complicaciones en el embarazo y no voy a poner en peligro nuestra operación anticorrupción solo porque…

–¡Eso es ridículo! –le espetó ella.

Quizá, lo era. Tal vez, no debería llevarla a ninguna parte. Después de todo, solo habían pasado un par de días juntos. Una cosa era disfrutar de un fin de semana de sexo, lejos de miradas ajenas, y otra muy diferente era presentarse con ella en Washington.

–Espera. ¿Maggie tiene complicaciones? –preguntó ella de pronto, antes de Tom pudiera pensar qué decir–. ¿Está bien?

El hecho de que se preocupara por una de sus más viejas amigas, a la que ni siquiera conocía en persona, a pesar de que estaba furiosa con él, le llenó el pecho a Tom de calidez.

–Tiene los mejores cuidados. Tiene problemas con la tensión alta, pero lo están controlando –contestó él, esperando que Maggie estuviera bien. No podía soportar la idea de perder a otra mujer a la que quería.

–Me alegro. Espero que esté bien. Pero no puedo ir a Washington, Tom.

–Tómate un día de baja por enfermedad. Dos –sugirió él–. Volveremos mañana.

Caroline se puso en jarras. Se había puesto el sujetador y los pantalones cortos, pero no se había subido la cremallera aún.

–No.

–Sí, Caroline –replicó él. Comenzó a recoger el resto de sus ropas y a meterlas en la bolsa de viaje. Podían seguir discutiendo en el coche, pensó–. No sé qué clase de hombre crees que soy, pero después de lo que ha pasado entre nosotros el fin de semana, tienes que comprender que no voy a hacer nada que pueda ponerte en peligro.

–Excepto llevarme al otro lado del país.

–No voy a dejarte aquí y punto.

–Me quedaré en un hotel –afirmó ella, y se puso la camiseta.

Durante un momento, Tom sopesó la posibilidad. Diablos, debería haberla llevado a un hotel desde el principio. Con cualquier otra persona, lo habría hecho.

¿Pero cómo sabía que la persona que había puesto escuchas en su casa no había hecho lo mismo en su despacho? ¿Cómo podía estar seguro de que no iban a seguirla adonde fuera, a su casa, al hotel, al refugio para testigos?

Haberla llevado a su casa no había sido una equivocación. Al menos, no la más grande.

No, donde Tom había metido la pata de verdad había sido al pensar que podía separar ese fin de semana de todo lo demás: su trabajo con la fundación, su investigación en el caso de corrupción, su vida. Todo.

No había dado prioridad a la investigación. Había hecho una excepción con Caroline porque, desde el primer momento que había posado los ojos en ella, había sentido una atracción tan fuerte que había borrado su profesionalidad.

Ella era su misión, el caso en el que trabajaba. No debería haberse convertido en otra cosa.

Sin embargo, después de haberse involucrado emocionalmente, no podía alejarse. Ni salir volando.

–No –dijo él.

–¿Por qué diablos no? –preguntó ella–. Dame una buena razón, Tom. Una –exigió con ferocidad.

Tom podía explicarle la lista de daños colaterales que el caso de corrupción había ido dejando a lo largo de los años. Vidas destruidas, reputaciones arruinadas, sentencias injustas.

O podía hacer hincapié en su seguridad personal. Podía detallarle cómo otras personas habían visto sus vidas destrozadas cuando la información obtenida mediante micros o cámaras ocultas había sido difundida con malas intenciones. Podía asustarla, porque un testigo asustado estaba dispuesto a hacer lo que fuera con tal de mantenerse a salvo.

También, podía contarle que la incomodidad o molestias que pudiera sufrir una persona no significaban nada, comparado con toda la gente que lo pasaría mal si no se llegaba al fondo de la cuestión en el caso de corrupción. Lo único importante era cazar a quien estaba comprando y chantajeando a los jueces.

Sin embargo, Tom no hizo ninguna de esas cosas. Se limitó a tomarla en sus brazos y besarla con pasión. Sabía a café y a Caroline, una mezcla realmente adictiva.

Cuando separó su boca, ella tenía los ojos cerrados y la respiración acelerada.

–Ven conmigo, Caroline…

Estuvo a punto de decir que la necesitaba. Y eso no

era verdad, se dijo a sí mismo. Lo que necesitaba era saber que estaba a salvo de chantajistas y criminales violentos.

–Ven conmigo –repitió él. Eso no era una buena razón, lo sabía. Pero era demasiado temprano y tenían que llegar al aeropuerto sin tardanza.

Ella frunció el ceño y se pasó la punta de la lengua por los labios. Era físicamente doloroso para Tom resistir el deseo de hacerle lo mismo con su propia lengua, pero consiguió controlarse.

–Por favor.

–Estoy segura de que voy a arrepentirme –cedió ella al fin con gesto de derrota–. Pero qué más da. Vayamos a Washington. Aunque más te vale hacer que merezca la pena –añadió, apuntándole en el pecho con un dedo.

–Lo prometo –respondió él, tratando de no sonreír, sin conseguirlo–. Confía en mí.

Capítulo Nueve

–Celine, soy yo. Ha habido un cambio de planes.

Caroline no tenía ni idea de si estaba bien que escuchara la conversación, pero era difícil no hacerlo. Tom estaba a un par de metros de ella en la sala de espera de la puerta de embarque en Mineápolis, donde debían hacer transbordo.

Caroline no podía dejar de mirarlo. A pesar de lo irritada que estaba con él, seguía sintiendo una poderosa atracción.

Tom bajó el tono de voz. Ella hizo un esfuerzo para seguir escuchándolo en la ruidosa terminal.

Caroline provenía de Mineápolis, pero no tenía ningún interés en estar allí. Y menos por un retraso de noventa minutos del vuelo.

–Llevo a una invitada –continuó él.

Bien. Al menos, había sido ascendida de testigo en peligro a invitada, se dijo ella. Esa debía de ser una buena señal, ¿o no?

Tom la recorrió con la mirada.

–Para un caso… No. No te preocupes. Estará bien. Pero igual tenemos que cambiar los planes de la cena.

Caroline tuvo la tentación de señalarle que nada estaba bien, pero no quería interrumpir. ¿Quién era Celine? No debía de ser una novia. Aunque no podía estar segura al cien por cien de nada. ¿Cómo era posible que el hombre de sus sueños la hubiera arrastrado a un avión, sin equipaje, sin café… y que ella se hubiera dejado?

–Llevamos poco equipaje. ¿Puedes prestarle algo para esta noche? –prosiguió Tom al teléfono–. Sí, lo siento. Siento mucho las molestias.

Un momento. ¿Acababa de oír a Tom Pájaro Amarillo disculparse?, se preguntó Caroline. Tenía ganas de conocer a esa Celine. Porque era la primera vez que ella le escuchaba pedir perdón por algo, y eso que la había casi secuestrado en dos ocasiones.

No, no la había secuestrado, reconoció para sus adentros. No era justo decir eso. La verdad era que ella se había dejado raptar gustosamente las dos veces.

¿Y por qué? No había ninguna razón lógica para haber hecho caso omiso del sentido común, la precaución y su reputación profesional. Sí, Tom podía disfrazar los últimos cuatro días como un asunto relativo a su seguridad. Sí, había habido algo raro en su casa, tal vez, hubiera entrado alguien.

Pero ¿a quién querían engañar?

Caroline había aceptado ir con él porque no había podido resistirse. Tom Pájaro Amarillo le hacía desear hacer cosas que no debería. Y, por muy ridícula que fuera la situación, había ido con él porque había ansiado pasar más días a su lado. Y descubrir un poco más sobre él.

Al parecer, pasar otra noche más en sus brazos merecía el riesgo.

Una amarga sensación se apoderó de ella. A esas horas, la diez y cuarto de una mañana de un lunes, se suponía que debía estar en el juzgado. Y no tenía ni una sola razón lógica que explicara todas las decisiones que había tomado después de haber llamado a Tom el viernes por la tarde.

Era difícil recordar cómo había empezado todo. Algo le había parecido raro en su casa, sí. Tom había pensado que podían haber intervenido el teléfono y haber puesto escuchas. Alguien podía estar planeando chantajearla.

¿Y cómo había reaccionado ella? Se había fugado con el agente del FBI asignado al caso y se había lanzado a sus brazos. Y, en ese momento, estaba escapando con él de nuevo, en esa ocasión, en avión, a la otra punta del país.

Caroline se enorgullecía de tomar las decisiones correctas el noventa y nueve por ciento de las veces. Sin embargo, en el presente, estaba segura de que estaba metiendo la pata.

–Espera, se lo preguntaré –dijo Tom al teléfono, y se dirigió hacia ella–. ¿Qué talla usas?

Él mismo la había visto desnuda y podía haberse hecho una buena idea de su peso, rezongó ella para sus adentros.

–La 42.

–¿Qué? Ah, sí. De acuerdo –dijo él, después de haber repetido el número en el auricular. Le tendió el móvil a Caroline, susurrándole que fuera educada.

Ella hizo una mueca. ¡Siempre era educada!

–¿Hola?

–Si puedes darme tu talla de vestido, color de pelo y de ojos, tono de piel y tipo del cuerpo, eso facilitaría mucho las cosas –dijo una voz de mujer perfectamente modulada, saltándose los preámbulos.

–¿Disculpa? –repuso Caroline. Quizá Celine era una especie de asistente personal. A esas alturas, la verdad era que nada podía sorprenderla.

–Para esta noche –añadió Celine con la paciencia que se usa para hablar con un niño–. Thomas me ha comentado que necesitarás algo que ponerte.

¿Thomas? Caroline levantó la vista hacia él. Estaba frunciendo el ceño, aunque llevaba horas con esa expresión en la cara.

–¿Qué pasa esta noche?

Tom frunció el ceño todavía más. Si no fuera porque se había pasado todo el fin de semana abrazada a él, Caroline podía sentirse intimidada.

–Pues para la gala benéfica de la Fundación Rutherford –anunció Celine, como si fuera lo más obvio del mundo–. Thomas es, como siempre, nuestro invitado de honor. Y, si te tiene tanta estima como para traerte de invitada, no podemos dejar que tengas el aspecto de acabar de bajar de un avión, ¿no crees?

¿La Fundación Rutherford? En cuanto colgara, iba a estrangular a ese hombre, pensó ella. Despacio. Pero, por el momento, debía ser educada con la mujer que había al otro lado de la línea. Además, aunque no la conociera, sentía cierta admiración hacia ella. Tenía ganas de conocer a la persona con la que Tom se disculpaba y dejaba que lo llamara Thomas.

–¿Color de pelo? ¿Color de ojos? ¿Talla de sujetador? ¿Tienes el cuerpo en forma de pera o con mucho pecho?

La situación era surrealista. Caroline trató de responder a las preguntas con sinceridad, roja de vergüenza.

–Gracias –dijo Celine–. ¿Puedo hablar con Thomas otra vez? Ah, ni siquiera sé cómo te llamas.

–Caroline. Caroline Jennings –se presentó ella. ¿Debería mencionar que era jueza?–. Gracias por tu ayuda –añadió, recordando sus modales–. ¿Te conoceré esta noche?

Celine rio.

–Oh, no me lo perdería por nada del mundo.

Con un presentimiento vagamente ominoso, Caroline le devolvió el teléfono a Tom. ¿Dónde diablos se había metido?

Ese no era su mundo, se dijo ella. Su realidad siempre era predecible y segura. Siempre planeaba su vida para minimizar todo tipo de riesgos. En esa categoría entraban cosas como fugarse con un hombre que era poco más que un extraño o, peor aún, irse a la cama con él.

O volar al otro lado del país para asistir a una gala benéfica de etiqueta que requería dar todos los datos de su cuerpo para encontrar el vestido perfecto.

Para colmo, estaba faltando al trabajo. Eso podía ser una mancha negra en su historial profesional.

—Te veremos en unas horas —se despidió Tom al teléfono, posando los ojos en Caroline, y colgó.

A diferencia de lo que había pasado en Pierre, donde habían estado solos en la puerta de embarque, el aeropuerto de Mineápolis era un hervidero de gente. Tom solo había podido conseguir un asiento en la sala de espera y había insistido en que fuera para Caroline.

Había sido muy atento, caviló ella. Considerado, incluso. Y eso era un cambio notable, si lo comparaba con cómo la había despertado antes del amanecer para informarle de que iba a viajar a la capital del país con él, le gustara o no.

—¿Vamos a ir a una gala benéfica de la Fundación Rutherford? —inquirió ella, pensando en que, tal vez, si se pellizcaba, despertaría de aquel bizarro sueño—. ¿No te parece que podías habérmelo mencionado antes de pedirme que le diera todos los detalles de mi forma corporal a una tal Celine?

—Primero, quería asegurarme de que podías asistir a la gala —repuso él, eligiendo con cuidado las palabras.

Ella quería ser comprensiva. Si contemplaba la situación con objetividad, el comportamiento de Tom tenía sentido en un contexto determinado. Es decir, no era tan raro para un agente de la ley viudo. Había vivido solo durante años. Estaba acostumbrado a dar órdenes y ser obedecido. Estaba habituado a tener razón porque, ¿quién iba a contradecirlo? ¿Los criminales a los que arrestaba?

No, desde el primer momento en que lo había visto en el juzgado, Caroline había sabido que Tom hacía las cosas a su manera. Y, en realidad, eso formaba parte de su atractivo. Al menos, hasta esa mañana.

Pero ella no era un maldito criminal arrastrado a la cárcel. Diablos, ni siquiera era una testigo que él tuviera que proteger a toda costa. Ya no sabía ni quién era, excepto la mujer que no podía dejar de hacer todo lo que él le pedía.

Sin duda, iba a lamentarlo, caviló.

—Para que te enteres, deberías habérmelo dicho antes —le espetó ella, poniéndose en pie igual que él—. Es más, deberías haberme pedido que te acompañara como tu pareja. Es mucho más efectivo que darme órdenes y mantenerme en la ignorancia.

—Yo no… No estaba…

—Sí —le interrumpió ella—. Me gustas, Tom. Espero que te des cuenta. No estaría aquí si no fuera así.

Tom respiró hondo.

—Me doy cuenta.

Bien, pensó ella, antes de volver a la carga.

—Pero no dejas de tratarme como si fuera una… pieza de ajedrez que puedes mover a tu antojo en el tablero. Si sigues así, esto no va a acabar bien para ninguno de los dos.

Caroline no estaba preparada para lo que pasó a continuación. Tom dejó de fruncir el ceño y su expresión se tintó de preocupación… vulnerabilidad.

—No eres una pieza de ajedrez, Caroline —dijo él, acercándose un paso—. Para mí, no.

Sin querer, el cuerpo de ella se pegó contra él. ¿La consideraba alguien importante en su vida?

No, un momento, se advirtió a sí misma. Era preferible estar furiosa con él. No había nada malo con la rabia. Pero la ternura era peligrosa. El afecto podía ser lo más arriesgado del mundo.

Por eso, Caroline no se permitía sentir ninguna de esas cosas.

—Muy bien. Ahora. ¿por qué no me cuentas lo de la gala benéfica a la que te voy a acompañar esta noche?

Celine había cumplido lo prometido, pensó Tom cuando entró con Caroline en el hotel Watergate. Mark y Celine siempre le habían ofrecido quedarse en su habitación de invitados, pero él llevaba años quedándose en ese hotel. Era mejor así. Su suite era un pequeño apartamento con despacho, comedor, cocina y un enorme dormitorio con un generosa cama.

Allí, en medio de la habitación, estaban las cajas de Bloomingdale, la más exclusiva boutique de la ciudad. Había siete paquetes apilados sobre la mesa de café. Y colgados tras la puerta había dos fundas de vestido, una más larga y otra, más corta.

Una incómoda sensación de nerviosismo hizo mella en él. No debería estar nervioso. Asistía a ese evento todos los años. Y ya había tenido tiempo de sobra para librarse del complejo de intruso.

Al principio, regresar a Washington, embutirse en un esmoquin y codearse con políticos y empresarios había sido más de lo que él había podido soportar. Pero lo había hecho en honor a la memoria de Stephanie y como forma de demostrarle sus respetos a sus padres.

La gala debería ser pan comido. Llevaba un esmoquin hecho a medida para ocultar su pistola. Podía hablar con Mark y Celine sin sentir que le arrancaban el corazón del pecho. No había razón para estar nervioso.

–Por todos los santos –exclamó Caroline detrás de él. Sonaba perpleja–. ¡Mira qué sitio! Vaya –dijo, mirando las cajas. ¿Cuánta ropa me ha comprado?

Además de las siete cajas sobre la mesa, había tres más en el suelo.

–Conociendo a Celine, lo más seguro es que te haya comprado varias opciones, para que tú elijas –comentó él. Además, seguro que había disfrutado yendo de tiendas, pensó.

Pero Tom tenía sus propias razones para estar perplejo. No había salido con una mujer desde… De acuerdo, no iba a pensar en cuánto. De todas maneras, no estaba saliendo con Caroline. Ni la había arrastrado a la otra punta del país solo para tener sexo con ella cuando le apeteciera. Era una cuestión de seguridad, de interés público. No podía comprometer ese caso más de lo que lo había hecho.

Sí, ya. No se lo creía ni él.

Caroline alargó la mano para tomar la caja de arriba, pero se arrepintió.

–No creo que pueda permitirme lo que ha elegido.

–Yo lo pago –afirmó él–. Soy yo quien te ha hecho venir. Lo menos que puedo hacer es pagar la ropa adecuada para esta noche.

Cuando ella se mordió el labio, Tom quiso besarla y mucho más. Quería tenerla en su cama, donde deberían haberse quedado esa mañana.

–¿Y su marido… es el senador Rutherford? –inquirió ella, retorciéndose las manos nerviosa–. No puedo creer que fuera tu suegro. No puedo creer que vaya a ir a una fiesta con ellos esta noche –añadió, frunciendo el ceño con los ojos clavados en las cajas.

–Lo harás muy bien –dijo él, más para tranquilizarse a sí mismo que a ella. Estaba a punto de presentar a los padres de su esposa a la única mujer con la que se había acostado desde que Stephanie había muerto–. Tenemos unas horas –indicó, colocando su maleta sobre la cómoda. Tenía que colgar el esmoquin en una percha y asegurarse de que sacaran brillo a los zapatos–. Voy al despacho.

Por la mirada de Caroline, Tom adivinó que había dicho algo equivocado. De inmediato, lo comprendió. La había llevado hasta allí y la estaba ignorando.

–Lo que quiero decir es que, cuando arregle unos asuntos, si quieres, podemos dar una vuelta.

Ella dio un respingo, pero su expresión se suavizó. Sabía que él lo estaba intentando.

–¿Quieres que juguemos a ser turistas? Por fin empiezas a entender lo que significa salir con alguien. Pero me temo que no tenemos mucho tiempo para visitar la ciudad. Antes, quiero ver qué tengo aquí –dijo Caroline, señalando a las cajas–. Y tengo que ducharme. Espero que haya también maquillaje.

La mención de una ducha llamó la atención de Tom. Tener sexo bajo la ducha era una de sus fantasías. Nada en el día había salido según los planeado, pensó él. Sí, estaba encajando los golpes lo mejor posible, pero… Quería librarse de la tensión que había empezado a crecer cuando la había despertado en la cama esa mañana. Quería desnudarla, sentir su cuerpo mojado y… Pero no podía. Había ignorado sus responsabilidades demasiado tiempo. Tenía que ocuparse de sus obligaciones. Mucho después de que su aventura con Caroline terminara, su trabajo seguiría allí.

–Seguro que sí –afirmó él, en vez de acompañarla a la ducha y comérsela a besos–. Y, si no hay, iré a buscártelo en una tienda o haré que alguien que entienda de maquillaje lo elija por mí. ¿Trato hecho?

–Trato hecho –contestó ella, y se dirigió hacia las cajas–. Veamos qué hay aquí.

Capítulo Diez

Lo que tenían esas cajas era media tienda de ropa, pensó Caroline una hora después. Ropa de excelente calidad, firmada por los mejores y más caros diseñadores.

Armani. Gucci. Halston. Celine Rutherford tenía un gusto exquisito y, al parecer, un presupuesto ilimitado.

¿Cómo iba a dejar que nadie le pagara esas cosas?, se dijo. Cuatro vestidos de fiesta, dos vestidos veraniegos, un par de pantalones de lino, otro par de pantalones cortos, cuatro blusas diferentes a juego con los pantalones, accesorios y zapatos para cada conjunto. Incluso había ropa interior, preciosa. Era la clase de lencería que se ponía una mujer cuando quería seducir a un hombre. De seda rosa pálido, delicado encaje negro…

Por supuesto, había maquillaje. Pero no eran marcas del montón, sino las más lujosas del mercado: Tom Ford, Guerlain…

Probablemente el guardarropa que tenía delante de las narices había costado cerca de diez mil dólares. Más, si las piedras de los collares y pendientes eran verdaderos diamantes y esmeraldas y no copias perfectas.

Sintió un nudo en el estómago mientras revisaba todo aquello. No estaba bien. Era la misma sensación que había tenido cuando había empezado su primer año como fiscal y, un día, había descubierto que alguien había pagado todos los préstamos que había pedido para pagar sus estudios.

Había sido un error haber aceptado ese pago de sus deudas entonces. Y sería un error aceptar todas esas cosas en el presente.

Para colmo de males, temía que estaba enamorándose de Tom. No le gustaba su parte dominante y autoritaria, pero había otra parte de él que le resultaba irresistible. Era un hombre fuerte y capaz, dispuesto a enfrentarse al peligro si era necesario. Y, en su interior, adivinaba un atisbo de vulnerabilidad que la llenaba de ternura.

Encima, el envoltorio era imponente, con esos ojos tan penetrantes y ese cuerpazo. No era de extrañar que alguien lo arriesgara todo con tal de estar con él.

Caroline miró hacia la puerta que conducía al despacho. Tom había desaparecido hacia allí cuando había empezado a desembalar las cajas de ropa. Obviamente, no era la clase de hombre interesado en moda femenina. De vez en cuando, lo oía hablar por teléfono. Se tomaba muy en serio su profesión, y ella lo respetaba por eso. Aunque, egoístamente, le gustaría poder ser su único centro de atención.

Necesitaba darse una ducha para aclararse las ideas.

—Voy a empezar a prepararme —anunció ella, después de tocar con los nudillos la puerta del despacho—. ¿Te importa si me ducho primero?

La mirada que él le lanzó subió la temperatura de la habitación unos cuantos grados, y Caroline deseó que se ofreciera a acompañarla.

—Claro, tú primero.

Era mejor así, se dijo ella. Necesitaba depilarse y ponerse la mascarilla exfoliante, cosas difíciles de hacer con un hombre en la misma bañera. Así que era mejor ir al baño sola.

Estaba aclarándose el pelo cuando la puerta del cuarto de baño se abrió. Al girarse, vio a Tom apoyado en el lavabo, observándola.

A ella se le endurecieron los pezones. Quizá había ido a reunirse con ella bajo la ducha, deseó.

–¿Estás esperando tu turno? –preguntó ella, mientras se pasaba los dedos por los pechos para aclararse el jabón.

Los ojos de Tom se oscurecieron al instante. Pero no se movió.

–O podrías acompañarme –añadió ella con tono provocador–. Hay mucho sitio.

Con un gemido varonil, él se quitó la ropa y, de inmediato, entró en la ducha y la acorraló contra la pared con su erección.

–¿Te he contado que esta es una de mis fantasías?

–¿Ah, sí? –repuso ella, deslizando los dedos entre el pelo de él–. Creo que no me has contado ninguna de tus fantasías todavía –susurró.

–Caroline –dijo él, y la hizo girarse. Le separó las piernas con las rodillas y la agarró de los glúteos–. No puedo esperar. Necesito poseerte ahora. ¿De acuerdo?

–Sí –musitó ella, arqueándose para darle mejor acceso.

Tom la penetró en un suave movimiento, llenándola de placer. Luego, la sujetó del pelo, tirando de su cabeza hacia atrás.

–No tienes idea de lo mucho que me gusta oírte gritar –le susurró él al oído, y posó la otra mano en uno de sus pechos, frotándole los pezones con dedos expertos.

Caroline se estremeció, rendida a un mar de dulces sensaciones. Con cada embestida, estaba más cerca del clímax, mientras él la besaba en la boca y en el cuello y seguía jugueteando con su pezón.

Había sido un fin de semana intenso, una fantasía hecha realidad. Pero eso era más de lo que ella podía haber soñado.

–Grita para mí, Caroline –rogó él con tono desesperado, entrando en ella una y otra vez.

–¡Tom, Tom!

Con un rugido, él se hundió dentro de ella. El mundo se desvaneció convertido en una deslumbrante luz blanca, envolviéndola en un explosivo éxtasis. Segundos más tarde, él la soltó el pelo y el pecho y la embistió con una ferocidad de la que ningún otro hombre era capaz. Un segundo orgasmo la hizo gritar de nuevo su nombre, mientras él también repetía el nombre de ella, con un gemido de placer.

Se quedaron pegados el uno al otro, contra la pared. Sin previo aviso, Caroline empezó a reír.

Tom la miró a los ojos.

–¿Estás bien? –preguntó él con una sonrisa.

Ella reía tanto que le caían lágrimas por las mejillas. Llevaba años teniendo encuentros sexuales mediocres. Nada de lo que había experimentado en el pasado podía compararse con Tom.

Siempre había sentido que había faltado algo en su vida. Y, precisamente, lo había encontrado en un agente del FBI sobreprotector y misterioso.

–Bien –murmuró él–. Porque tengo unas cuantas fantasías más que me gustaría probar.

–¿No tenemos que prepararnos para la fiesta? –replicó ella, fingiendo inocencia.

Él tomó su rostro entre las manos.

–No me refiero solo a esta noche, Caroline.

La implicación de sus palabras la sorprendió. ¿Se estaba refiriendo a tener una relación?

Él esbozó una sonrisa seductora. ¿Cómo podía un hombre parecer tan hambriento cuando acababa de ser saciado?

–Pero, primero, tenemos que ocuparnos de esta noche –dijo él–. Luego…

Caroline decidió ponerse el vestido morado. Era un color oscuro y ligeramente irisado, sin duda, muy elegante. Era largo hasta el suelo, sin mangas, con unos delicados tirantes y escote en uve. Lo complementó con un brazalete que esperaba que fuera de brillantes y no de diamantes verdaderos y unos pendientes a juego. Y eligió unas sandalias de tacón de aguja plateadas.

Consiguió abrocharse la cremallera sin ayuda y, cuando se miró en el espejo de cuerpo entero que tenía la puerta del armario, se quedó impresionada.

¿De veras era ella?

La mujer que le devolvía la mirada en el espejo era glamurosa, sofisticada. Apenas se parecía a Caroline.

Quizá, podía integrarse en el mundo de los más ricos y poderosos, al menos, podía fingir ser una de ellos solo por una noche.

—Caroline. Tenemos que irnos —dijo Tom desde el salón.

—¿Has sabido algo de Maggie? —preguntó ella, retocándose el carmín de labios. Vaciló todavía unos minutos más antes de salir. ¿Qué pensaría él cuando la viera?

Nada de eso parecía real. Ni las ropas, ni las joyas, ni estar en una habitación de hotel con Tom… Temía el momento en que acabara rompiéndose el hechizo.

—Lograron detener las contracciones y está estable. Seguirá en el hospital una noche más, pero solo por seguridad.

—Bien. Me alegro mucho —repuso ella. Sabía que Maggie era importante para Tom pero, por encima de eso, no le deseaba complicaciones en el embarazo a nadie.

Al fin, Caroline se dispuso a salir del dormitorio. Quería causar una buena impresión a los suegros de Tom, pero ya no tenía sentido seguir retocándose. Además, si no se daban prisa, llegarían tarde.

Respiró hondo y abrió la puerta.

—¿Qué aspecto tengo, Tom?

Tom levantó la vista desde el sofá y se quedó boquiabierto. Dejó caer el teléfono y se levantó.

El pulso se le aceleró mientras la contemplaba de arriba abajo. Cielos, estaba impresionante con esmoquin. Era como si un James Bond moreno, alto, irresistible se hubiera colado en su habitación de hotel. Con traje estaba guapo y, mejor aún, con vaqueros.

Pero con esmoquin era algo de otro mundo. A Caroline se le endurecieron los pezones de pronto y el vestido que llevaba puesto le pareció dos tallas más pequeño.

Por si no estuviera bastante nerviosa, la invadió un sofocante sentimiento de duda. Antes, en la ducha, había hecho lo posible por ignorarlo, pero no podía librarse de él.

Tom seguía observándola con ojos hambrientos. Había demasiadas cosas que Caroline no sabía de él. Sabía que había amado a su esposa, ¿pero habría superado su muerte?

Él no pronunciaba palabra. Caroline se miró el vestido y le dedicó una sonrisa insegura.

—¿Está bien? —preguntó ella, y se giró sobre sí misma para que viera el atuendo por detrás.

Cuando volvió a posar los ojos en Tom, la mirada de él era tan severa que dio un paso atrás.

—¿Tom? ¿Te parece bien?

—Bien —dijo él con voz tensa.

Caroline entró en pánico. Había pensado que ese vestido era la mejor opción, pero quizá no le sentaba tan bien como había creído.

–Nunca he asistido a una gala benéfica antes. Hay otros vestidos, si este no te parece…

–No –le interrumpió él–. Está perfecto. Estás muy guapa.

–¿Eso era un cumplido? –preguntó parpadeando.

–¿Lo era? –replicó él con una expresión de profunda confusión.

–La respuesta correcta es claro que sí.

–Claro que sí –dijo él entonces–. Estás guapísima.

Aunque había tenido que sacarle las palabras con sacacorchos, el tono sincero de sus palabras hizo que ella se sonrojara.

–De acuerdo, bien. Todo lo demás puede devolverse, excepto el maquillaje y… –señaló ella, y se miró el vestido. No quería hablar de la lencería en ese momento. No era buena idea, pues tenían que irse a la fiesta y sospechaba que, si sacaba sus braguitas a colación, se las quitaría en cuestión de segundos–. Todo lo que llevo ahora. Es demasiado dinero como para aceptar el resto como un regalo. No creo que sea apropiado.

Tom sonrió, como si estuviera haciendo un esfuerzo para no reírse a carcajadas. No había nada apropiado en su situación, y los dos sabían.

–Caroline –dijo él con voz impregnada de deseo–. Intenta no pensar como una abogada esta noche, ¿de acuerdo? Esto es una cita, no un audiencia en el juzgado. Estás preciosa.

Caroline era muchas cosas: inteligente, competente, trabajadora. Pero no estaba acostumbrada a sentirse deseada. Ni glamurosa. Dos cualidades que sentía en su pleno esplendor en ese instante.

El vestido que llevaba puesto sí se lo quedaría.

***

Tom era el hombre más peligroso que había conocido. No por su capacidad de ser letal para los criminales, ni por cómo le sentaba el esmoquin.

Era por la forma en que la hacía sentir, caviló Caroline. Lograba que hiciera cosas impredecibles, como saltarse el trabajo o asistir a una fiesta con la flor y nata. Pero lo que más temía era los sentimientos que le despertaba, como ternura, afecto y, por supuesto, satisfacción sexual. Eran ingredientes de un cóctel explosivo que iba mucho más allá de la atracción pasajera.

Sin embargo, debería guardar las distancias, protegerse.

Sí, eso debería hacer. Pero lo que hizo fue acercarse hacia él con mirada seductora y un coqueto contoneo de caderas.

—Tom…

Él la miró con tanto deseo que ella empezó a acariciar la idea de llegar tarde a la fiesta.

—Tenemos que irnos –dijo Tom.

—Sí.

Pero, después de la fiesta, volverían al hotel. Y, al día siguiente por la mañana, ella se negaría a marchar hasta que no averiguara qué planes tenía Tom para su relación.

Capítulo Once

–¿Nerviosa?

Caroline hizo una mueca.

–No, ¿por qué iba a estarlo? Solo llevo un vestido y complementos que valen miles de dólares. He llegado a bordo de una limusina mucho más bonita que las de las películas y estoy del brazo de un hombre armado y con esmoquin, a punto de conocer a sus suegros, que son increíblemente ricos y poderosos. Para colmo, vamos a una gala benéfica donde asiste la élite de la ciudad en honor a tu difunta esposa. ¿Por qué iba a estar nerviosa?

Él esbozó una media sonrisa. Caminaba con ella del brazo, entre la multitud en la Gala Benéfica y Baile Anual de la Fundación Rutherford. Cuando había visto salir a Caroline del dormitorio con ese vestido ajustado a sus curvas, se había quedado paralizado de deseo y había tenido que hacer un esfuerzo sobrehumano para contenerse y no arrancarle la ropa como un animal.

No lo había hecho porque Mark y Celine Rutherford los habían estado esperando. Tenía que guardar las apariencias.

Y odiaba las apariencias.

Él nunca se ponía nervioso pero, en momentos como ese, no podía evitar recordar la primer vez que Carlson lo había llevado a una de esas fiestas. Ni la segunda. Diablos, incluso la décima vez se había sentido como un pez fuera del agua. Había ido acostumbrándose después de haberse casado con Stephanie, pero…

Pero Stephanie no era la mujer que iba de su brazo.

Caroline estaba con él y no había vuelta atrás.

Se acordaba de cómo las primeras veces que habían asistido juntos a un evento social Stephanie había empleado unos cuantos trucos de supervivencia para que él se sintiera cómodo. Así que decidió hacer lo mismo con Caroline.

—El bar está abierto. Pero te recomendaría no beber demasiado champán.

—Estoy de acuerdo. Si te soy sincera, preferiría no hacer el ridículo delante de… ¿cuántos miembros del congreso hay aquí?

—Creo que no más de treinta, sin contar a los antiguos senadores y congresistas.

Caroline dio un traspiés, pero él la sujetó.

—No sé si hablas en serio o me estás tomando el pelo —le susurró ella.

Le estaba tomando el pelo, por supuesto.

—No entres en pánico. No creo que haya más de un par de jueces del Tribunal Supremo.

Ella le dio una patada en la espinilla.

—Después ajustaremos cuentas.

Después, no necesitaban esperar al hotel, pensó Tom. La limusina tenía espacio de sobra.

En ese momento, se conformó con besarle la mano.

—Caroline.

Ella respiró hondo y levantó la vista hacia el. Sus ojos estaban tan llenos de esperanza y de afecto que él se quedó paralizado.

—¿Sí?

Sí, Tom había tratado de convencerse de que la había llevado hasta allí por razones honorables. Pero no podía seguir fingiendo, sobre todo, después de haber hecho el amor bajo la ducha. Y cuando estaba a punto de presentársela a los Rutherford.

No había sido capaz de dejarla en un hotel y olvidarse de ella. No había podido dejarla atrás.

–Me alegro de que hayas venido conmigo.

Ella abrió la boca, mientras sus mejillas se sonrojaban. Tom se acercó un poco más, sintiendo que el mundo desaparecía a su alrededor. Solo existían ellos dos y la chispa que siempre había ardido entre ambos.

–¡Thomas! –llamó Celine Rutherford, haciéndole recuperar la cordura.

Celine caminó hacia él, tan elegante como siempre, con un vestido de encaje negro que la hacía parecer veinte años más joven.

–Celine –saludó Tom, inclinándose para besarla en la mejilla–. Estás más guapa que nunca.

Y era cierto. Tom se preparó para sentir la punzada de dolor que siempre lo atenazaba cuando veía a la madre de su difunta esposa, pero no fue así.

Sintió una amarga nostalgia en el pecho, pero era una sensación mucho más manejable que de costumbre.

–Eres un lisonjero –dijo Celine con cariño, dándole una palmadita en el brazo.

Tom sonrió.

–Mis disculpas por llegar tarde. Siempre me olvido del tráfico que hay en esta ciudad.

–Lo importante es que estás aquí –dijo Celine, quitándole importancia–. Tienes muy buen aspecto, Thomas.

A su lado, Caroline arqueó las cejas con gesto burlón. Tom sabía por qué. Nadie lo llamaba Thomas desde hacía mucho tiempo. Excepto los Rutherford.

–Celine, te presento a la jueza Caroline Jennings. Es mi invitada.

Caroline dio un paso al frente.

–Es un placer conocerla, señora Rutherford. No puedo agradecerle bastante todas las molestias que se ha tomado para elegirme un vestuario tan maravilloso. Espero que lo que me he puesto sea apropiado para la ocasión –dijo ella, como si el vestido que Tom llevaba cuarenta minutos mirando como un tonto fuera un saco de patatas.

Celine rio con suavidad.

–Creo que has elegido el mejor. Estás preciosa, querida. Ese color te sienta muy bien.

Durante años, ver a Celine Rutherford había sido el recordatorio más doloroso para Tom. Cruentas balaceras, enfrentamiento con duros criminales… prefería cualquiera de esas cosas antes que la tortura mental de su cita anual con los Rutherford. Cada vez era más fácil, sin embargo, porque Stephanie estaba grabada en su recuerdo con veinte siete años y Celine era cada año más mayor y menos parecida a ella.

Pero le seguía doliendo. En parte, deseaba que los Rutherford no fueran tan amables con él, que pudiera dejar de verlos y, así, no tener que enfrentarse a los recuerdos.

Por lo general, solía sobrevivir a esos encuentros bebiendo más champán del recomendable y charlando con otras personas del FBI entre los presentes.

En esa ocasión, sin embargo, no quería tener que responder preguntas sobre quién era Caroline, ni por qué estaba allí. Ya era bastante difícil habérsela presentado a Celine.

Después de todo, ¿qué diablos estaba haciendo con ella? No debería haber nada entre Caroline y él, aparte de una investigación sobre corrupción judicial.

Aunque eso no le había impedido llevarla a Washington, ni presentársela a sus suegros. Ni pensar en tener una relación duradera con ella.

No. Estaba haciendo justo las cosas que no debería hacer. Con el único objetivo de tenerla a su lado.

–No ha sido ninguna molestia –continuó Celine–. Me divertí mucho eligiendo las ropas. Echo de menos salir de compras para Stephanie –confesó, y se le empañaron los ojos–. Pero supongo que eso es normal. Intento mantener vivo su recuerdo. Esta era su fundación, imagino que ya lo sabes. La empezó con su dinero. Thomas y yo conseguimos que siga funcionando en su memoria.

–Siempre he valorado lo que hace la Fundación Rutherford –señaló ella con tono serio–. Tom no lo sabe, pero yo misma he donado una gran cantidad de dinero a la fundación a lo largo de los años. Admiro mucho su objetivo de educar a niñas y mujeres en todo el mundo.

–¿Ah, sí? –replicó Celine con una amplia sonrisa–. Vaya, ¡eso es maravilloso! Siempre es un placer conocer a gente que aprecia lo que hacemos, ¿no te parece, Thomas?

–Así es –afirmó él, mirando a Caroline con curiosidad–. ¿Por qué no me lo habías contado?

–Prefiero sorprenderte –repuso ella arqueando una ceja.

–Oh, veo que vamos a llevarnos muy bien, Y, por favor, tutéame –señaló Celine, enlazando su brazo con el de Caroline y apartándola de Tom–. Thomas necesita a alguien que pueda meterle en cintura. Ven, te presentaré a todos. ¿Thomas? –llamó por encima del hombro–. ¿Nos acompañas?

Durante un largo segundo, Tom no pudo moverse. Ni siquiera podía hablar. Solo podía contemplar cómo las dos mujeres charlaban como viejas amigas. Las siguió, sintiéndose ignorado, como un guardaespaldas. A él no le importaba. Pero le llamaba la atención que Celine hubiera aceptado a Caroline con tanta rapidez. A cada paso, se paraban para saludar a alguien y la mujer mayor presentaba a su invitada como si fuera alguien muy allegado.

¿Qué pensaría Stephanie de eso?

Caroline y Stephanie eran muy distintas. No tenían el mismo aspecto, ni el mismo sentido del humor, ni provenían de la misma clase social.

Caroline se rio de algo que Celine le dijo al congresista Jenkins, y Celine la miró sonriente. Era obvio que se habían caído bien.

A Stephanie le habría gustado Caroline, pensó, llenándose de calidez.

Entonces, Mark Rutherford se acercó a él.

–Tom –saludó el senador, y le dio un fuerte apretón de manos–. Me alegro de verte.

–Mark –saludó él, y señaló con la cabeza hacia donde Celine estaba presumiendo de Caroline delante de sus invitados–. Te presentaría a mi acompañante, pero Celine la tiene acaparada.

A Tom le gustaban sus suegros. Le habían caído bien desde el principio. Nunca le habían hecho sentir como un pobre indio que estuviera fuera de lugar. Incluso si eso era lo que había sido durante un tiempo. Se preguntaba si habían aprobado su matrimonio con Stephanie, pero nunca sabría la respuesta. Siempre lo habían tratado con afecto y respeto.

Mark había envejecido bastante desde la muerte de Stephanie. Siempre había estado muy unido a su hija. El pelo se le había quedado blanco en menos de un año y no se había presentado a la reelección después de haber terminado su mandato en el Senado. Su aspecto era otro recordatorio de todo el tiempo que había pasado.

–¿Cómo estás? –preguntó Tom.

–Me defiendo. Estoy deseando que termine la gala. Los preparativos consumen a Celine durante meses. Y ya sabes cómo es cuando está centrada en algo –comentó Mark.

Los dos rieron, pero Tom no pudo evitar mirar hacia Celine y Caroline, que seguían charlando.

–Siento si esto es un poco incómodo –se disculpó Tom–, pero fue inevitable.

Mark meneó una mano en el aire, quitándole importancia.

–No tienes que darme explicaciones. Estamos encantados de conocerla.

Tom estaba tan embelesado mirando a Caroline que casi no registró lo que Mark acababa de decir. Se acordó de lo que Celine había dicho antes sobre lo mucho que necesitaba a una persona que lo metiera en cintura.

Oh, no. Sí, él solo había querido estar cerca de Caroline, pero no tenía ningún plan de futuro. No había pensado en campanas de boda, ni en bebés... y no podía dejar que los Rutherford sacaran las conclusiones equivocadas. Necesitaba aclarar ese detalle.

–Caroline no es mi pareja.

Mark le dedicó una mirada que Tom conocía muy bien y era capaz de encoger a cualquiera.

–¿Acaso estoy malinterpretando la situación? Te presentas aquí con una mujer preciosa a la que no dejas de mirar ¿y quieres que crea que no estáis saliendo?

–Es parte de un caso –repuso él, sonando muy a su pesar a la defensiva–. Sabes lo importante que es el trabajo para mí.

Aunque nada de eso le había impedido acostarse con Caroline, caviló para sus adentros. Ni le había impedido llevarla a la gala. O decirle que quería seguir viéndola después de ese viaje.

Con un nudo en el estómago, Tom pensó que estar en su casa o en el hotel era muy diferente de estar allí, delante de todos. Por alguna razón, se había convencido a sí mismo de que había sido adecuado llevar a Caroline a la fiesta y presentársela a los Rutherford. Y todo porque no había sido capaz de dejarla sola en un maldito hotel en Dakota del Sur.

¿Qué había hecho? Celine y Mark estaban encantados con Caroline. Le estaban dando la bienvenida a su mundo con los brazos abiertos. Tom se dio cuenta de que lo único que iba a conseguir era romperles el corazón cuando lo suyo con Caroline terminara.

Pero, más que eso, Tom había anunciado al mundo que Caroline era importante para él, cuando debería estar ocultándola, siendo discreto. Si alguien estaba buscando algo que usar contra cualquiera de los dos, acababa de servírselo en bandeja de plata.

Había metido la pata hasta el fondo. Había puesto en peligro a Caroline y a sí mismo. Incluso a los Rutherford.

¿Cómo podía haber sido tan idiota?

Mark sonrió.

–Te conozco hace mucho tiempo, Tom. Sé que te has obligado a asistir a estas galas, cuando preferirías estar en cualquier otro sitio. Y he visto cómo las mujeres coqueteaban sin cesar contigo –comentó su suegro, y le dio una palmada en la espalda–. Podrías haber elegido a cualquiera. Pero todas eran invisibles para ti, menos ella –indicó, señalando a Caroline con la cabeza–. Dime, ¿crees que eso no es más importante que un trabajo?

–Yo estaba casado con su hija, señor. La amaba.

Mark lo miró con una mezcla de cariño y lástima.

–Pero Stephanie ha muerto. Nunca la olvidaremos. Ella es la razón por la que estamos todos aquí. Sin embargo, hemos seguido con nuestras vidas –añadió Mark con una mezcla de cariño y lástima–. Quizá, tú también deberías hacerlo.

Capítulo Doce

–¡No puedo creer que haya conocido al presidente del Congreso! –exclamó Caroline recostándose en el asiento de la limusina. Toda la velada le había parecido un sueño surrealista.

Celine Rutherford había hecho milagros. Para empezar, le había conseguido un vestido perfecto para la ocasión. Y le había presentado a toda la gente importante de Washington.

Pero Tom… Estaba sentado en silencio a su lado. Parecía perdido.

Si había creído que era un macho alfa fuerte y silencioso, esa noche había derrumbado por los suelos ese estereotipo. Se había pasado toda la velada a su lado, sonriendo y dando conversación a la gente como un profesional.

De pronto, cuando la adrenalina de la farándula comenzó a disiparse, Caroline recordó que llevaba despierta desde antes del amanecer y había tomado dos aviones para llegar hasta allí.

Alargó la mano y entrelazó sus dedos con los de Tom. No era así como había planeado pasar el lunes, pero se alegraba de haberlo acompañado.

–Lo he pasado muy bien. Celine y Mark son un encanto.

Durante la gala, había visto a Tom hablar con cariño con sus suegros. Era obvio que quería mucho a los Rutherford y que ellos le tenían en gran estima también.

Era la clase de relación afectiva que Caroline había perdido cuando sus padres habían muerto.

Tom había perdido mucho. Al menos, tenía a los Rutherford. Pero necesitaba a más gente que lo quisiera. Le encogía el corazón imaginárselo sintiéndose tan solo como ella se había sentido en ocasiones tras haberse quedado huérfana.

Empezaba a divagar, se dijo a sí misma. Debía de ser fruto del cansancio. Había sido un día muy largo, después de todo.

Tom podía ser un desastre a la hora de compartir sus sentimientos, pero sus actos hablaban por él. Esa noche había sido una pieza más del puzle que era Tom Pájaro Amarillo. Un peligroso agente del FBI, un discreto ciudadano, considerado con sus suegros. Y un amante excelente.

Todos esos atributos lo convertían en un hombre irresistible para Caroline.

–Me alegro de que no lo hayas pasado tan mal.

Pero había algo en su sonrisa que preocupó a Caroline.

–¿Y tú?

Él se encogió de hombros, como si sus problemas no tuvieran importancia.

–Por muchas veces que asista a estos eventos, sigo sintiendo que no pertenezco a ese mundo. Sigo siendo un intruso.

Ella lo miró perpleja. Lo había visto mezclarse con gran maestría entre la gente. Había admirado su forma de manejarse sin ninguna dificultad.

–Claro que no lo eres –negó ella–. Celine y Mark te adoran y es obvio que tú también les tienes afecto. Encajas en su mundo mejor que yo.

Tom la atravesó con la mirada, su rostro era el vivo retrato de la severidad. ¿Por qué la miraba así?, se preguntó ella, poniéndose tensa. Sin embargo, entonces, bajo su coraza de dureza, percibió en él algo más… Vulnerabilidad. Incluso, parecía asustado.

–¿Acaso sabes de dónde vengo? ¿Tienes idea?

Ella parpadeó, confusa.

–Dijiste… Pensé… ¿De la reserva que está a veinte kilómetros de tu casa?

–Sí, pero eso no te dice de dónde vengo. Este no es mi mundo –repitió él, frunciendo el ceño–. La tribu de Red Creek es bastante pequeña, menos de cuatro mil personas. Crecí a las orillas del río Red Creek, en un pequeño… –comenzó a decir, y se interrumpió un momento. Apartó la vista con ojos llenos de dolor–. En mi pueblo no había más de cuatrocientas personas. Ni siquiera teníamos gasolinera. En mi casa, teníamos electricidad, pero teníamos que ir al río a por agua.

Caroline adivinó que no le había sido fácil admitir eso delante de ella. Era un hombre demasiado orgulloso.

¿Por qué le contaba él eso? ¿Acaso pretendía asustarla? ¿Quería convencerse a sí mismo de que era un extraño en su mundo?

–Sobrevivíamos gracias a las provisiones que nos enviaba el gobierno –prosiguió él, avergonzado, como si hubiera sido culpa suya–. La única forma de cambiar tu destino era salir de la reserva, así que eso hice. Decidí hacerme agente del FBI, no me preguntes por qué. No tengo ni idea.

Mientras hablaba, Caroline intentó imaginarse a Tom Pájaro Amarillo de niño, jugando con los otros niños de la reserva.

–Y lo lograste –comentó ella, deseando sacarlo de su tristeza.

–Sí. Conseguí una beca para estudiar, me licencié en Criminología y me fui a Washington. Era una ciudad enorme –señaló él, perdido en sus recuerdos–. Yo nunca había estado en un lugar más grande que Rapid City. De pronto, había coches y gente por todas partes. Era una locura. Si no hubiera tenido a Rosebud a mi lado y, gracias a ella, a Carlson, no sé si podría haberlo superado.

–¿Fue un shock cultural muy grande?

–Grandísimo. Yo estaba acostumbrado a la forma en que me trataba la gente de la reserva, como alguien del que estar orgulloso. Era un atleta y había logrado una beca. Era un pez grande en un estanque muy pequeño. Pero Washington… era un inmenso océano lleno de tiburones. Y yo… no era nada para ellos. ¿Con mi apellido? No era más que un pobre tipo algo exótico.

Caroline ni se imaginaba cómo podía sentirse alguien que pasaba de sobrevivir gracias a las latas de carne que le enviaba el gobierno a ser un comensal en las barbacoas de los ricos en Washington.

Tom le apretó la mano.

–¿No han cambiado las cosas en la reserva?

–Hace unos años, se construyó una presa. La tribu es propietaria del cuarenta por ciento y dio empleo a mucha gente. La reserva sigue siendo un lugar pobre, pero está mejor. Pregúntale a Rosebud cuando la conozcas, ella te lo contará mejor.

Caroline se sonrojó de pies a cabeza. De nuevo, Tom había insinuado que le presentaría a sus amigos más íntimos. Eso implicaba que quería que siguiera siendo parte de su vida.

Ella quería pasar tiempo con él. Aunque no podía seguir haciendo lo que habían hecho hasta el momento, huir y esconderse del mundo real. Durante los últimos tres días y medio, se había sentido como si hubiera estado haciendo algo prohibido, algo de lo que acabaría arrepintiéndose.

Sin embargo, quería conocer a los amigos de Tom. Tenía la sensación de que así lo conocería mejor.

–Eso haré –afirmó ella. De todas maneras, quería aprovechar ese momento de sinceridad para saber más cosas sobre él–. ¿Tuviste tú algo que ver con que las cosas mejoraran en la reserva?

–Lo intento. Subvenciono unas becas para la universidad. Si algún chico o chica quiere esforzarse lo bastante como para salir de la reserva, yo le ayudo a hacerlo. Y no lo hago solo con el dinero de Stephanie. Gracias a las inversiones que hice, he ganado mucho dinero también.

–No conozco a muchos agentes del FBI que dirijan organizaciones benéficas. Podrías haberte retirado a disfrutar de tu dinero.

–Todavía tengo trabajo que hacer –afirmó él con seriedad–. Además, yo no dirijo una organización benéfica. Pago a gente para que lo haga por mí.

–¿A gente de la tribu Red Creek?

–Tal vez –respondió él con una sonrisa.

Caroline se sintió orgullosa del hombre sentado a su lado. No solo era guapísimo y económicamente independiente, sino que era una persona honorable y buena.

De pronto, el aguijón de la culpa la atravesó. Tom protegía a su pueblo y luchaba por lo que era correcto. La protegía a ella, pero ella no era digna de él. Ni estaba a su altura ni era una persona igualmente honorable.

Había hecho todo lo que había podido para reparar sus grandes errores. Aunque la definición de error se refería a algo hecho de forma accidental. Sus acciones no habían sido honradas en el caso Verango. Había actuado de una forma que perfectamente podía ser usada en su contra.

Durante un instante, tuvo la tentación de contárselo a Tom. Después de todo, él le había abierto su corazón. Estaban en territorio resbaladizo. Podía confesarle que le había hecho un favor a un amigo, a cambio de que pagaran sus deudas. Era una frase sencilla. No había aceptado un soborno intencionadamente. Más bien, uno de sus profesores de la carrera la había manipulado. Y ella no había devuelto el dinero porque no había sabido cómo.

En vez de eso, había hecho donaciones, una vez que había empezado a cobrar un buen sueldo. Entre ellas, a la Fundación Rutherford. En realidad, había donado más dinero del que habían sumado sus préstamos en un principio.

–Nunca hablo de esto. De nada de esto. Es…

Si quería convencerla de que sus orígenes humildes era algo de lo que tenía que avergonzarse, Caroline iba a dejarle con un palmo de narices.

–Es una historia de valor, honestidad y sinceridad, Tom. Transformaste la pérdida de tu mujer en algo bueno. No solo bueno, increíble –comentó ella con lágrimas de emoción en los ojos. Tomó el rostro de él entre las manos–. Eres el mejor hombre que he conocido.

Él la rodeó con sus brazos y apoyó su frente en la de ella.

–Esta noche me he sentido distinto. Y ha sido gracias a ti.

Caroline apretó los labios, tragándose la confesión que había estado a punto de hacerle. Su relación iba bien. Él la apreciaba y ella sentía lo mismo. Lo que había entre ellos era real.

Si le contaba el error que había cometido, ¿seguiría contemplándola con la misma ternura, con el mismo deseo? ¿O la vería solo como una criminal?

–Caroline… Yo… –musitó él.

Sí, quiso decir ella. La había llevado a su casa, la había llevado a Washington. La había llevado a la fiesta benéfica y se la había presentado a los padres de su difunta esposa. Le había hecho el amor apasionadamente. Le había dicho que quería seguir viéndola después de esa noche. Y ella había dejado de lado el sentido común para seguirle, porque había algo poderoso e irresistible entre los dos.

Quisiera lo que quisiera Tom, ella le diría que sí.

De pronto, él se apartó.

—Cuando volvamos mañana, revisaré tu casa yo mismo.

Tal vez, se suponía que su ofrecimiento era un gesto de ternura, viniendo de un hombre que no sabía expresar sus emociones.

Sin embargo, era evidente que Tom había cambiado de actitud. No solo se había apartado de ella, dejando un espacio vacío entre los dos en la limusina, sino que parecía haber vuelto a levantar todas las barreras alrededor de su corazón.

—¿Cuándo volveré a verte?

El silenció se impuso sobre ellos durante unos segundo.

—Tenemos que ser cuidadosos para que no parezca que hacemos algo impropio.

—Ah. Bien.

Aunque sabía que él tenía razón, Caroline no pudo evitar sentirse como si le hubieran atravesado el pecho con un cuchillo. Se había acostado con él durante el fin de semana. Había faltado a su trabajo ese día y faltaría al día siguiente. Llevaba puesta ropa y joyas que no podría pagar. Estaba poniendo en peligro su carrera, su corazón.

Si alguien quería de veras chantajearla, ese fin de semana sería un buen modo de comenzar.

Por eso, sí, sabía que necesitaban poner distancia entre ellos. Era lo razonable.

Pero Tom le había prometido que podía haber algo más. Ella había empezado a creer que aquel fin de semana surrealista podía ser el comienzo de una relación.

Esa era la razón por la que le dolían tanto las señales contradictorias que Tom le enviaba.

–Tengo que dar prioridad al trabajo –continuó él, empeorando las cosas–. Mis sentimientos por ti…

Bueno, al menos, admitía que tenía sentimientos, se dijo ella.

–No, lo entiendo. Los dos tenemos trabajo que hacer. Solo es que lo había olvidado durante un tiempo.

A Caroline le pareció percibir que la expresión de él se tintaba de alivio.

–Es fácil olvidarlo todo cuando estoy contigo. Pero, cuando volvamos a Pierre…

Sí, cuando volviera a ser la honorable jueza Jennings y él volviera a ser el agente Pájaro Amarillo, ninguno de los dos olvidaría sus obligaciones, pensó ella.

Maldición.

Capítulo Trece

–Catorce –dijo Tom, lanzando una pequeña bolsa llena de dispositivos electrónicos a la mesa de Carlson–. Había catorce cámaras en su casa.

Tom no se dejaba irritar fácilmente. Tras la muerte de Stephanie, había creído que ya no era capaz de sentir rabia. Al parecer, se había equivocado.

Carlson levantó la vista hacia él, arqueando las cejas.

–Parece un poco excesivo.

–¿Un poco? –replicó Tom. Había dos cámaras en su baño, una en la ducha y otra preparada para hacer una toma desde abajo cuando estuviera en el váter. ¡Y tres en el dormitorio! Los dos sabemos que la única razón por la que buscaban enfocar su cama desde tres ángulos distintos es que alguien planeaba editar el material.

Hacía unos cuantos años, Rosebud Donnelly había sido filmada en secreto con su marido, Dan, y la cinta había sido usado en un intento de chantajear a Rosebud para que retirara su demanda contra una compañía eléctrica. Ella había acudido a Carlson y a Tom en busca de ayuda.

Rosebud había visto su privacidad violada, junto a su dignidad. Por aquel entonces, Tom y Carlson habían creído saber quién había sido el responsable. El tío de Dan Armstrong, Cecil, era un hombre malvado. Durante años, había estado chantajeando a la gente y sobornando a jueces, incluyendo al que había intervenido en el caso de Maggie.

Sin embargo, las catorce cámaras que había encontrado en casa de Caroline demostraban que el caso no estaba cerrado. Cecil estaba en la cárcel y, aun así, esas cosas seguían pasando.

Tom se sentó delante de la mesa de James, furioso.

¿Qué habría pasado si hubiera dejado a Caroline sola todo el fin de semana? ¿Y si la hubiera dejado en su casa el lunes por la mañana y hubiera volado él solo a Washington?

Había hecho bien en llevarla con él. Catorce cámaras lo demostraban. Pero, también, se había equivocado al hacerlo, pues la había puesto en una posición delicada.

–Pareces excesivamente preocupado por esto –comentó Carlson tomando la bolsa–. ¿Qué ha hecho la jueza Jennings cuando le has contado lo que habías encontrado?

–No se lo he dicho todavía –repuso él. Temía contárselo porque sabía que, si lo hacía, Caroline no podría descansar tranquila, ni dormir, ni ducharse, ni hacer nada personal.

Se acordó del fin de semana, cuando ella se había desnudado para meterse en su estanque de piedra bajo la luz del atardecer. O cuando lo montó con pasión, gritando su nombre. O en Washington, cuando se puso un vestido y joyas demasiado valiosas que no había pagado de su propio bolsillo. O cuando le había hecho el amor en la ducha.

Si le contaba lo de las cámaras, dejaría de ser ella misma. No podría sentirse libre.

Segundos o, tal vez, minutos después, Tom se dio cuenta de que Carlson lo observaba en silencio. Su amigo no era ningún tonto y lo conocía bien.

Tom hundió la cabeza entre las manos, tratando de encontrar algo de equilibrio o, al menos, una visión objetiva de la situación. Pero no pudo. No había tenido paz desde que había escuchado la voz de Caroline el viernes, asustada e insegura.

Diablos, ¿a quién iba a engañar? Había perdido el sentido de la imparcialidad en lo relativo a la jueza desde el momento en que había entrado en ese juzgado. Y, después de los últimos cuatro días, ni siquiera podía fingir que había una relación neutra entre ellos. Había estado dentro de ella, por todos los santos.

—¿Piensas alguna vez en ella? —preguntó Tom, sin pensar—. En Stephanie.

—Sí. Era una buena mujer.

Hubo un silencio.

Por lo general, el silencio no surtía efecto en Tom. Era un experto en esperar. Y no se dejaba intimidar con facilidad. ¿Qué eran unos pocos minutos, cuando llevaba diez años sin su esposa?

—Crees… —continuó Tom, tragando saliva, recordando la imagen de Stephanie en la última fiesta a la que habían asistido juntos. Llevaba un vestido de cóctel de seda azul, con los pendientes de zafiros de su madre. Sonriendo, le había dicho que había estado cansada y que quería irse. Había seguido sonriendo con gesto comprensivo cuando él le había contestado que tenía que hablar con algunas personas y que iría más tarde, que tomaría un taxi. Había insistido en que ella se llevara el coche, su coche. Entonces, Stephanie había salido de su vida para siempre.

Tom había amado a su esposa con todo su corazón. Pero la verdad era que solo había estado con ella cuatro años. No había sido suficiente. Nunca sería suficiente.

Al final, había puesto su trabajo por delante de ella. Debería haber estado a su lado y no haberse quedado en la fiesta. Había estado empeñado en perseguir una pista, esperando que alguien hubiera hablado bajo la influencia del alcohol.

¿Pero había merecido la pena? Ni siquiera recordaba de qué caso se había tratado.

No, no había merecido la pena perderla. En absoluto.

—Ella habría querido que continuaras con tu vida —señaló Carlson, sacándolo de sus pensamientos. Se había levantado y estaba apoyado en su escritorio. Contemplaba a Tom con preocupación—. Ya han pasado casi diez años, Tom.

—He estado muy ocupado todo este tiempo.

—Sí —afirmó Carlson con una sonrisa indulgente—. ¿Pero puedes seguir así?

—Continuaré con mi trabajo hasta que hayamos destapado esta trama de corrupción —aseguró él. Era mucho más fácil hablar de investigaciones, criminales y sobornos que de sus sentimientos.

—Nadie cuestiona tu compromiso con la causa.

Tom se derrumbó en la silla, derrotado.

—La llevé a mi casa. Y luego la llevé a Washington conmigo. Se la presenté a Mark y a Celine. Ya está. ¿Contento?

Era difícil sorprender a Carlson pero, en ese momento, parecía conmocionado.

—No fastidies.

—Puede haber sido un error —prosiguió Tom con sutileza.

Cuando miró a Carlson, le pareció que su amigo estaba haciendo un esfuerzo para no reírse. Si se reía, le daría un puñetazo. Le sentaría bien golpear a alguien para desahogarse.

—Tengo que conocer a esa mujer. A Maggie le va a caer muy bien.

Tom gimió con desesperación. Las cosas no hacían más que empeorar.

–Igual he puesto en peligro el caso.

Su amigo rompió a reír.

–Ya, y me dices eso porque yo nunca he hecho nada, incluyendo acostarme con una testigo que pudiera comprometer un caso. ¿O es que has olvidado cómo conocí a mi mujer? –dijo Carlson, llorando de la risa–. Maldición, tío, has sido agente del FBI durante demasiado tiempo. Hay más cosas en la vida, aparte de capturar a los malos –añadió, y tomó la foto de Maggie que tenía sobre el escritorio. Era bastante reciente. Aparecía embarazada y sonriendo bajo la luz del atardecer, acariciándose el vientre–. Muchas más.

Tom tuvo que hacer un esfuerzo para no envidiar la felicidad de su amigo, sin conseguirlo.

–De todas maneras, no puedo seguir poniendo en peligro el caso. Alguien ha sembrado su casa de cámaras. Antes o después, van a ponerse en contacto con ella.

Carlson lo observó un momento en silencio. Decidió dejar pasar el cambio de tema.

–¿Tienen algo con lo que chantajearla?

Tom meneó la cabeza.

–Está limpia. Creo que por eso recurrieron a las cámaras. No tienen nada más que usar contra ella –contestó Tom. A excepción de que había volado al otro lado del país para vestirse con joyas y trajes carísimos y asistir con él a una gala con la flor y nata de la capital, saltándose el trabajo, pensó.

–La necesitamos –dijo Carlson son severidad–. Si se ponen en contacto con ella, quiero que les siga el juego y vea cuánta información puede obtener antes de que sospechen. Podría ayudarnos mucho, Tom.

Carlson no solo estaba constatando un hecho indiscutible… también le estaba recordando que debía mantener cerrada su bragueta.

Tom se levantó, sabiendo lo que tenía que hacer y lo difícil que iba a resultarle.

La deseaba. Pero sus propios sentimientos no tenían nada que ver con el asunto. Lo único importante era que no podía ponerla en peligro.

—Necesito vigilar que no le pase nada, revisar su casa con regularidad, y su despacho. Aparte de eso, a partir de ahora, haré todo lo posible para mantenerla a salvo. Y eso incluye dejar de salir con ella.

Carlson sopesó la cuestión un momento.

—¿Tanto significa para ti?

—Sí.

—Bien —dijo Carlson, poniéndole una mano en el hombro—. Haz lo que tienes que hacer.

Capítulo Catorce

Caroline hizo todo lo que pudo para volver a su vida normal, pero no era fácil. El viaje la había dejado exhausta, mucho más de lo que había esperado. Al parecer, levantarse antes del alba y atravesar el país en avión era agotador.

Sin embargo, ese no era el único problema.

¿Dónde diablos estaba Tom Pájaro Amarillo? Era como un fantasma. No lo había visto desde hacía semanas, desde que habían vuelvo de Washington. Pero recibía mensajes suyos regularmente con la hora y el día en que había revisado su casa para asegurarse de que no hubiera más cámaras. Había revisado su casa y su oficina en días alternos, al parecer, aunque nunca cuando ella había estado allí. Y no le contaba si encontraba algo, solo le informaba de que ambos sitios ya estaban limpios.

Tampoco ella necesitaba un mensaje para saber que Tom había estado en su casa. Podía sentir su presencia. Era irritante lo fácil que podía adivinar que había estado en su casa. Quizá era el suave olor a él que quedaba en el aire. Fuera lo que fuera le provocaba los más salvajes sueños húmeros.

Sin embargo, cuando ella le respondía para darle las gracias o para preguntarle qué tal estaba, solo recibía escuetas contestaciones, como mucho.

¿Dónde estaba el hombre que la había arrastrado a Washington y no podía quitarle las manos de encima? ¿Dónde estaba la persona con la que había podido realizar sus fantasías favoritas? ¿El que la había tomado entre sus brazos cuando había estado a punto de resbalarse en la piedra mojada y no había podido perderla de vista?

Caroline echaba de menos a ese hombre.

Quizá, no debería sorprenderle que él no se presentara por allí. No entendía bien qué había cambiado en la gala de la Fundación Rutherford, pero era obvio que algo había pasado allí. Los Rutherford habían sido amables y afectuosos, pero no podía olvidar que eran los padres de la difunta esposa de Tom. Tal vez, a él no le había gustado verlos a todos juntos.

Si pudiera hablar con él, tendría la oportunidad de asegurarle que no pensaba reemplazar a su esposa. ¿Cómo podría? Ella nunca sería Stephanie, ni en cuanto a su aspecto, ni en relación a su historia familiar, ni en la forma en que amaba a Tom.

Porque Stephanie había amado a un Tom diferente del que se había echo cargo de la seguridad de Caroline. Stephanie había amado a un hombre más joven, más inseguro, más desesperado por demostrar que podía integrarse en la enrarecida atmósfera de la capital. Quizá, el Tom de Stephanie no hubiera sido tan peligroso, tan inescrutable.

Caroline echaba de menos a un hombre diferente, apasionado e introvertido, dominante y carismático. Podía estar en su salsa en un juzgado, en una casa en medio del campo y en una gala para los más ricos y poderosos.

Caroline quería más que un fin de semana salvaje con él y, a pesar de lo caro que se vendía, estaba segura de que él sentía lo mismo. El problema era que no tenía ni idea de cuándo lo conseguiría porque, aparte del exuberante ramo de flores que había recibido hacía dos meses y los constantes barridos de su casa y oficina, no había ninguna otra señal de que nadie tuviera intenciones delictivas relacionadas con ella.

Cada día, se levantaba, hacía ejercicio y se iba a trabajar. Volvía a su casa y se dormía. Y, así, una y otra vez.

Tampoco era una mala vida. Estar con Tom había sido como un maremoto de emociones y deseo que la habían conducido a correr riesgos absurdos. Al menos, no había sufrido consecuencias de esos días que había pasado con él, a excepción de que lo extrañaba.

Lo único que podía hacer era esperar que fuera mutuo.

Irónicamente, después de que hubiera llamado al trabajo para avisar de que tenía gripe y no podía ir, había caído enferma de verdad. Se había empezado a sentir mareada y somnolienta. Sin duda, debía de ser por culpa del estrés, pensó. La amenaza de soborno y el encuentro con cierto agente del FBI estaban siendo demasiado para ella.

Dormía más durante los fines de semana, pero seguía cansada. Un día, tuvo que hacer un receso en un juicio para poder ir a vomitar al baño. Después, se sintió mejor. Debía de ser por algo que había comido, se dijo.

Lo mismo le pasó al día siguiente. Se sintió bien hasta después de comer, cuando se le revolvió el estómago. Consiguió llegar a tiempo al baño, pero por los pelos. Cuando se sentó en el suelo, esperando que el estómago se le asentara, se dio cuenta de algo.

No había sido la ensalada de pollo.

Había estado cansada. Se encontraba mareada, pero no tenía la gripe. Hizo unos rápidos cálculos. Habían pasado tres semanas desde su fin de semana salvaje con Tom. Y su menstruación…

Oh, maldición.

Debería haber tenido el periodo la semana anterior. Vomitó de nuevo. No, no, no.

Aquello no podía estar pasando. Otra vez, no.

Cielos. Había perdido la cabeza por Tom y le había entregado el corazón, también. Por un fin de semana increíble, había tirado por la borda toda precaución y había dado prioridad a sus deseos, dándole esquinazo al sentido común.

¿Había sido tan estúpida como para pensar que había logrado evitar las consecuencias de sus acciones? Había sido una idiota. ¿Acaso no había aprendido que cada vez que tomaba una decisión equivocada el destino se lo echaba en cara de una bofetada?

Lo más probable era que estuviera embarazada.

Cielos.

Se sentó en el suelo del baño, apoyando la espalda contra las frías baldosas, e intentó pensar. La primera vez que se le había retrasado el periodo, cuando estaba en la universidad, toda su vida había pasado como un rayo ante sus ojos. Había estado aterrorizada de contárselo a sus padres y a Robby. Se habrían tenido que casar y habría tenido que pedir un año sabático a la universidad. Sus perspectivas profesionales, sus planes… todo se habría ido al garete por culpa de un positivo en la prueba de embarazo. Entonces, también se había sentido mareada, pero había sido por el miedo.

No. Lo había sabido entonces y estaba segura en el presente. Haberse casado con Robby y haber tenido un hijo con él habría sido el mayor error de su vida.

En el presente, también estaba a punto de tener un ataque de ansiedad. Los embarazos no planeados eran una bomba para cualquiera.

Sin embargo, en vez de tener miedo, cuando repasó toda su vida en ese momento, la llenó algo muy distinto… Esperanza. Se sentía esperanzada.

Imaginó cómo su cuerpo crecía con el bebé de Tom. Imaginó a Tom llegando a casa al final del día, para tomar en sus brazos a un tierno bebé con sus ojos y su color de pelo. Los imaginó a ambos viajando con el niño para visitar a sus amigos en la reserva y a los Rutherford.

Oh, no.

Ella ansiaba tener esa vida con Tom. No quería que aquello fuera un error.

Tenía que hablar con él de inmediato. O, al menos, tan pronto como se hubiera hecho la prueba de embarazo.

De acuerdo. Tenía un plan. Después del trabajo, iría a la farmacia a comprar una prueba de embarazo. Después, encontraría a Tom Pájaro Amarillo, aunque fuera lo último que hiciera.

–Jueza Jennings.

La sedosa voz la sacó de sus pensamientos cuando estaba pensando nombres de bebés. Acababa de salir al aparcamiento después de trabajar. A pocos metros, la miraba un hombre vestido de traje y con gafas de sol. No era Tom. Era un tipo blanco con pelo moreno un poco rizado, era alto y fuerte.

Podía haber sido atractivo, pero algo en la forma en la que sonreía no le gustó. En realidad, había algo en él que resultaba físicamente repulsivo.

–¿Sí? –repuso ella, tratando de calcular lo lejos que estaba de su coche sin mirar hacia él. Demasiado lejos. Tendría que volver al juzgado en caso de que necesitara escapar. Allí, los guardias de seguridad la protegerían.

–Me alegro de que por fin nos conozcamos –dijo el extraño con esa desagradable sonrisa–. Llevo tiempo deseando hablar contigo en persona.

Maldición.

—Si querías asustarme con ese comentario, te diré que no lo has conseguido —repuso ella, esbozando una mirada de lástima para dejar claro que no tenía miedo.

—Excelente. Tienes sentido del humor. Eso hará las cosas mucho más fáciles.

Vaya, no le gustaba esa sonrisa en absoluto, se dijo Caroline, y dio un paso atrás. Si se quitaba los tacones, podría correr mucho más rápido. También podía gritar.

El hombre se enderezó.

—Relájate. ¿Te gustaron las flores?

Caroline estaba empezando a entrar en pánico. Sin embargo, de pronto, recordó el último correo electrónico de James Carlson. «Si contactan contigo, síguenles el juego». Por eso, se mantuvo firme y le devolvió la mirada, tratando de actuar como la clase de jueza que podía sobornarse por el puñado de dólares que podía haber costado ese ramo de flores.

—Eran preciosas, la verdad. ¿Tengo que darte las gracias por ellas?

Él hizo un gesto con la mano, como para quitarle importancia.

—Debo decir que eres una mujer muy difícil de manejar —comentó el hombre, como si tuviera algún derecho a manejarla—. Estoy muy impresionado por tu historial como jueza.

¿Cómo iba a seguirle el juego si tenía los pelos de punta por el miedo?, pensó ella. No podía hacerlo.

—Si quieres alabar mis méritos profesionales, puedes llamar a mi secretaria para pedir una cita —señaló ella, dando otro paso atrás—. Aparte de eso, creo que no tenemos nada más que hablar.

—Oh, nada de eso. Claro que sí, jueza —repuso él con insolencia—. Sería una pena ver una carrera tan brillante destruida por culpa de un error inocente, ¿no crees?

El mundo dejó de girar para Caroline. Empezó a marearse.

–¿Qué? No sé de qué estás hablando –dijo ella en voz baja e insegura–. Yo no cometo errores.

El hombre avanzó dos pasos, pero no la tocó. Ella se puso tensa. No podía correr. Apenas podía mantenerse en pie.

–Excelente –repitió él–. Entonces, tu actuación en el caso Verango fue intencional, ¿verdad? Terence Curtis era tu mentor, después de todo. Es gracioso cómo funcionan estas cosas, ¿no crees? –comentó con suavidad.

–He tenido muchos casos. No sé de cuál me estás hablando –mintió ella, tratando de sonar firme.

Tom había sabido que eso iba a pasar. La había advertido y ella lo había ignorado porque había pensado que la vergonzosa verdad nunca saldría a la luz. Nadie la había relacionado nunca con Verango. Ni a Verango con Curtis.

–Sí –dijo el hombre–. Estoy seguro de que sabes de qué te estoy hablando. ¿No crees que nuestro mutuo amigo, el agente Tom Pájaro Amarillo, querría conocer este giro de los acontecimientos? –preguntó, y chasqueó los dedos–. Mejor aún, podría llamar a James Carlson e informarle de que, a pesar de sus esperanzas y plegarias, tiene otro juez a quien arrestar.

–¿Qué quieres? –inquirió ella, intentando sonar agresiva sin conseguirlo.

–No mucho –respondió él con un tono asquerosamente aterciopelado–. Solo un mero intercambio. Te guardaré el secreto de tu desafortunado error, como hacen los amigos, y cuando se te presente un juicio de mi interés, me concederás un momento de tu tiempo para hablar sobre cómo resolverlo –añadió él, y apretó los labios–. Pero no quiero que sea una cita por medio de tu secretaria. Más bien, estaba pensando en una cena a solas.

—¿Quieres comprarme? —preguntó ella. En cierta manera, sabía que era genial. Era lo que Carlson y Tom habían estado esperando para capturar a ese tipo.

Pero la cosa no era genial en absoluto.

—Él no puede vigilarte siempre, por mucho que lo intente —continuó él con tono amenazador—. ¿De verdad quieres que sepa lo fácil que es comprarte?

No había necesidad de preguntar a quién se refería, comprendió ella.

—No —susurró Caroline, llena de vergüenza. Esa era la verdad. Cuando Tom se enterara del error que había cometido, eso cambiaría las cosas radicalmente.

Más de lo que habían cambiado. Estaba embarazada de su hijo.

Cielos, ella jamás lamentaría lo que había pasado entre los dos. Nunca se arrepentiría de tener un hijo suyo. Pero él podía arrepentirse de haberla conocido.

¿Quién iba a querer verse atrapado con una mujer que había mentido por omisión sobre su pasado y se había quedado embarazada? Podía echar a perder su carrera, también. Y todo porque había perdido la cabeza por él en un fin de semana.

Todo porque no había podido negarle nada a Tom Pájaro Amarillo.

El estómago se le revolvió.

—No.

—Excelente —dijo de nuevo el hombre—. Jueza Jennings, ha sido un placer conocerte —afirmó, y se sacó una tarjeta de visita del bolsillo. Se la tendió, pero cuando ella iba a tomarla, la quitó de su alcance un momento—. Nos hemos entendido, ¿verdad? Porque odiaría ver una carrera deslumbrante como la tuya destruida por culpa de un pequeño error.

Caroline tragó saliva.

—Sí, nos hemos entendido.

En ese mismo momento, su prometedora carrera profesional había terminado, se dijo ella.

El tipo le entregó, entonces, su tarjeta.

—Si tienes cualquier pregunta o necesitas cualquier cosa de mí, lo que sea, llámame. Puedo ayudarte, pero solo si tú me ayudas.

Sin mirar la tarjeta, Caroline se la guardó en el bolso e intentó sonreír.

—Por supuesto.

El hombre asintió, se dio media vuelta y se fue caminando. No se medió en ningún coche, desapareció de su vista a pie. Cuando dobló la esquina del juzgado, contó mentalmente hasta cinco y lo siguió, pensando en conseguir un número de matrícula o un modelo de coche.

Pero cuando llegó hasta allí, no había nadie. Ni un coche, ni el tipo en cuestión.

A Caroline le dio un vuelco el estómago. Iba a vomitar.

Y la culpa era solo suya.

Capítulo Quince

La única razón por la que Tom no dejaba flores en casa de Caroline cada vez que la revisaba era porque no quería asustarla. Después de todo, ella no había tenido buena experiencia con ramos sorpresa.

Después de la primera vez, no encontró más micrófonos o cámaras en su casa ni en su oficina. Pero seguía revisándola cada día. Era lo único que podía hacer mientras mantenía las distancias. Mientras tanto, Carlson y él esperaban que los otros jugadores hicieran sus próximos movimientos.

Odiaba no tener la sartén por el mango. No sería raro que los malos hubieran sumado dos y dos y hubieran adivinado que Caroline y él habían pasado el fin de semana juntos. Sin duda, estaban preparando su próximo movimiento. Pero lo único que podía hacer era esperar para actuar.

Y la espera lo estaba matando.

Echaba de menos a Caroline, algo nuevo para él. No estaba acostumbrado a echar de menos a nadie, al menos, no tanto. La única persona sin cuya presencia se había sentido absolutamente solo había sido…

Stephanie. Pero ella estaba muerta y él llevaba diez años de duelo. Caroline estaba muy viva. Además, estaba a su alcance. Solo tenía que conducir hasta su casa y llamar a la puerta.

Sin embargo, no podía hacerlo. Estaba trabajando en un caso.

Mientras los días pasaban, Tom no podía dejar de

pensar en lo que Mark y Celine le habían dicho. Quizá era hora de pasar página. Tal vez, él ya lo había hecho, pero no se había dado cuenta hasta que había visto a Caroline en el juzgado.

Quería… No estaba seguro de qué quería con Caroline. Revisar su casa y mantener las distancias, desde luego, no era su sueño.

Si era honesto, quería verla más. Mucho más. Pero hacerlo pondría en peligro el caso.

Pasar más tiempo con Caroline le resultaba una especie de traición a Stephanie.

Aunque él parecía ser el único en verlo de esa manera.

Los días pasaban, mientras Tom seguía rumiando los mismos pensamientos. Estaba siguiendo la pista de otro caso, cuando le sonó el teléfono.

—Pájaro Amarillo —respondió él.

—Tom —dijo Carlson.

Tom sintió un atisbo de esperanza. ¿Se había puesto alguien en contacto con Caroline? Esperaba que sí, para que el caso pudiera cerrarse por fin. Aunque, también, le irritaba pensar que ella hubiera acudido a Carlson y no a él.

—Hay novedades. Tienes que venir a la oficina.

—¿Cuándo?

—Ahora.

Veinte minutos después, Tom llegó a las oficinas del FBI. Había llamado a Caroline para asegurarse de que estuviera bien, pero ella no había respondido.

Tenía un mal presentimiento. Una novedad en el caso era una buena noticia, implicaba que estaban un paso más cerca de capturar al líder de la trama de corrupción. Esa era su motivación, ¿verdad?, se recordó a sí mismo.

Sin embargo, al pensar cuál era su motivación en la

vida, decidió que no era ponerle las esposas a un juez corrupto. Era Caroline. No podía olvidar la forma en que se acurrucaba a su lado por la noche, con una dulce sonrisa mientras dormía.

Entonces, comprendió algo. Había renunciado forzosamente a su sueño de vivir una relación larga y feliz junto a Stephanie. Pero no había renunciado a su sueño de tener una familia, un hogar.

Una esposa.

Después de cerrar el caso, iba a tomarse unas vacaciones, pensó, entrando en el despacho de Carlson. Necesitaba volver a empezar con Caroline. Lo más probable era que ella estuviera furiosa, y tendría derecho a estarlo, teniendo en cuenta que apenas la había visto desde su última noche juntos. Aun así, Tom sabía que debía dejar de darle prioridad a su trabajo, porque esa no era la vida que quería.

Entonces, como si la hubiera llamado solo con pensar en ella, allí estaba Caroline, delante del escritorio de Carlson.

Tom parpadeó un par de veces. Su corazón dio un salto de alegría al verla. Sin embargo, por sus ojos, adivinó que algo iba mal. Los tenía enrojecidos por el llanto y apretaba los labios. Instintivamente, se acercó a ella.

–¿Qué pasa?

Nadie dijo nada. Tom la rodeó de los hombros con el brazo. Ella se recostó en él, estremeciéndose. En ese momento, Tom supo que mataría por esa mujer. Quien la hubiera hecho daño, iba a pagarlo muy caro, pensó.

Carlson tenía expresión de preocupación.

–¿Va a contarme alguien qué está pasando?

–Lo siento mucho –murmuró Caroline con la cabeza enterrada en el pecho de él.

Eso no sonaba bien. De hecho, sonaba muy mal, caviló Tom. La abrazó con fuerza y miró a Carlson.

–¿Y bien?

–Como imaginamos, alguien se ha puesto en contacto con Caroline. Tenemos su nombre y su número de contacto, además de su descripción física.

–De acuerdo –dijo Tom. Eso era una buena noticia–. Sé que no tienen cámaras en tu casa y no tenían nada sobre ti. ¿Qué están intentando usar para chantajearte?

Caroline se estremeció de nuevo y se apartó. Se encogió en su silla, mirando al suelo.

–Tienen algo sobre mí –confesó ella con voz llena de angustia.

–¿Qué? –dijo Tom, acuclillándose a su lado para escucharla mejor–. Yo te he investigado. Estás limpia.

Caroline meneó la cabeza.

–No, no completamente –negó ella, sin mirarlo.

–Caroline me ha explicado la situación –comenzó Carlson.

Tom deseó ignorarlo. Solo quería escuchar lo que Caroline tenía que decir. Pero la única persona que hablaba era Carlson. Así que prestó atención, sin apartar los ojos de ella, que lloraba amargamente.

–En su primer año como fiscal en Mineápolis, su mentor contactó con ella. Le dijo que un amigo de un amigo había sido arrestado. Insistió en que las pruebas no tenían fundamento, en que su amigo era inocente. Entonces, presionó a Caroline para que retirara los cargos. Ella no podía hacer eso, pero le ofreció un acuerdo negociado por el que el acusado consiguió librarse de la sentencia y de ir a la cárcel. Como resultado, los préstamos que había pedido para ir a la universidad fueron pagados.

–¿Cuánto?

Carlson no respondió.

–Casi veinte mil dólares –admitió ella tras un momento, sin levantar la vista.

Tom se puso de pie de un salto, sobresaltándola. Si hubiera sido más joven, le habría dado un puñetazo a la pared o a la puerta de cristal. Pero era más sabio y más viejo y sabía que romperse la mano no resolvería sus problemas.

Por mucho que le apeteciera.

—Piensan que hará cualquier cosa con tal de mantener esos detalles en secreto —continuó Carlson—. El hecho de que haya venido a compartir esta información con nosotros de forma voluntaria es algo que no podemos obviar. También me ha contado cómo, a lo largo de los años, ha donado una suma similar a varias organizaciones benéficas, como forma de compensación.

Tom miró a su amigo fijamente. Carlson trataba de quitarle hierro al asunto, pero no había forma de disfrazar las cosas. Caroline le había mentido. Él le había preguntado repetidas veces si había algo en su historial que pudiera usarse en su contra. De acuerdo, igual, sus intentos de conversación habían sido distraídos por el sexo… pero se lo había preguntado. Y ella había dicho que no.

No solo le había mentido, sino que…

Podía ser comprada.

Tom no solo quería darle un puñetazo a algo. Quería disparar sin parar.

Se supone que ambos habían estado en un plano de igualdad. Una de las cosas que los había unido había sido el hecho de que se habían tomado sus trabajos muy en serio y habían defendido la ley. No se dejaban sobornar, ni burlaban la justicia.

—Tom —dijo Carlson con tono severo—, fue hace mucho tiempo, y, desde entonces, la jueza Jennings ha defendido al ley con honor y dignidad.

Tom sabía lo que Carlson intentaba hacer. Sabía lo que su amigo quería, que Caroline siguiera ayudándolos. Quería que averiguara más datos, no solo sobre el hombre que se había acercado a ella, sino sobre quién lo había enviado. Pretendía usar a Caroline.

–¿Hay algo más que deba saber? –preguntó él, lleno de rabia.

De pronto, se encontró en el mismo estado de horrible aturdimiento que lo invadió cuando vio cómo su esposa moría en la cama de un hospital.

No podía permitirse experimentar ningún sentimiento en ese momento porque, si lo hacía, se volvería loco y no habría vuelta atrás.

Había creído conocer a Caroline. Más que eso, la había llevado a su casa. Se la había presentado a los Rutherford. Había confiado en ella. Y había creído que ella había confiado en él. Pero no había sido así.

–En realidad, sí –repuso Carlson, levantándose de su silla. Sin más explicaciones, salió del despacho y cerró la puerta tras él.

Mala señal. Las cosas empeoraban todavía más, adivinó Tom.

–Tom, siéntate, por favor –rogó ella con voz rota.

Él se sentó y esperó. ¿Qué más podía pasar?

–Tienes que entender que era muy joven. Solo tenía veinticuatro años. Las deudas me ahogaban. No podía dormir y no sabía cómo iba a pagar todo aquello… –recordó ella, y se tapó la boca, sollozando–. Terrence Curtis fue mi mentor. Siempre me animaba a progresar y yo confiaba en él. Me escribió cartas de recomendación, siempre me daba buenos consejos.

–Sí, ya. Te sentías en deuda con él.

–No fue así –negó ella, recuperando algo de su fuerza–. Debería haberlo pensado mejor. Pero me invitó a cenar para hablar de cómo iban las cosas. Yo lo estaba pasando mal. Hablamos y, entonces, mencionó el caso que tenía entre manos, el de Vincent Verango. Me contó que conocía a Vincent en persona, que había sido un gran malentendido y que él lo avalaba. Dijo que no tenía por qué desconfiar de él.

–Hay bastante diferencia entre confiar en tu mentor y aceptar tanto dinero.

–No fue así –protestó ella de nuevo–. Él nunca me dijo que si dejaba libre a su amigo pagaría mis deudas. Era demasiado listo como para eso. Yo… yo era demasiado lista como para eso. Le dio la vuelta a todo y yo no supe que iba a pagar mis deudas hasta que, un día, desaparecieron. Vincent también desapareció. Se fue del país. Creo que murió poco después. Fue entonces cuando empecé a sospechar. Investigué un poco y descubrí que Vincent tenía un largo historial de acuerdos negociados y de denuncias retiradas. Estaba relacionado con chantajes y limpieza de dinero. Y Curtis estaba en el mismo barco que él. Se aprovechó de mí. Sabía que yo confiaba en él y me utilizó –señaló, más furiosa por momentos–. Fui una idiota, pero no sabía cómo arreglar las cosas sin estropear mi carrera. Por eso… no hice nada –confesó, y se quedó callada, inerte.

–Es una buena historia, Caroline. No estoy seguro de que nada de lo que has contado sea verdad, pero suenas muy convincente –le espetó él, ignorando cómo se quedaba pálida–. ¿Hay algo más que quieras decirme? Porque, si no, tengo cosas que hacer.

Caroline tenía un aspecto horrible. Parecía a punto de desmayarse. Pero a él ya no le importaba. En todo caso, le pediría a Carlson que le llevara algo de beber.

Ella no respondió, lo que por desgracia le dio a Tom tiempo para pensar.

Se había pasado años digiriendo que los finales felices no formaban parte de su destino. Entonces, cuando Caroline Jennings había aparecido en su vida, la luz de la esperanza había brillado en su corazón.

134

Eso era lo más cruel de todo, pensó Tom. Había podido vislumbrar la felicidad que podía haber tenido con ella. Y todo se había hecho pedazos.

Si no se hubieran conocido, Tom no sabría lo que se perdía pero, a partir de ese momento, cada vez que fuera a su casa y se tumbara en su cama, pensaría en ella. Probablemente, durante el resto de su solitaria y miserable vida.

Rabioso, se dijo que tenía ganas de dispararle a alguien. Al mentor de Caroline, para empezar.

–Lo siento mucho –susurró ella.

Por alguna razón, eso le hizo sentir a Tom como el malo de la película. Pero no había hecho nada malo. Solo estaba escuchándola.

Maldición. Quiso consolarla, decirle que todo saldría bien. No iba a hacerlo, pero quería.

–¿Te refieres al soborno que aceptaste o a alguna otra cosa?

Caroline tomó su bolso del suelo. Con manos temblorosas, consiguió desabrochar la cremallera, mientras él la observaba con curiosidad.

Entonces, le tendió algo. Era una barra blanca de plástico. Estaba tintada de púrpura en un extremo.

Tom parpadeó. Deseó que aquello fuera un termómetro digital, pero sabía que no. Lo sabía muy bien porque, a veces, cuando una de las prostitutas decidía dejar las calles, no lo hacía por ella, sino por el bebé que llevaba dentro. Por eso, él tenía unas cuantas de pruebas de embarazo en el botiquín del refugio para testigos y prostitutas.

–Yo... –balbuceó ella–. Nosotros...

No podía ser cierto. Debía de ser una pesadilla, se dijo Tom. De pronto, el mundo se tambaleó. La persona que le había ofrecido una segunda oportunidad para ser feliz y había roto su confianza estaba embarazada.

Tuvo ganas de reír, porque era una locura. No lo hizo solo porque Caroline estaba llorando. Y le dolía verla llorar.

–Usamos protección –señaló él, pensando en voz alta. Intentó pensar, pero el cerebro no le funcionaba.

Ella asintió, abrazándose a sí misma de la cintura.

–Eso pensé yo también. Pero empecé a sentirme cansada y mareada. Y me acordé de que, en la ducha… en Washington…

Cielos, estaba embarazada. Todos los sueños de paternidad a los que Tom había renunciado hacía años corrían como caballos desbocados por su cabeza. Pero no podía permitírselo.

Caroline tenía razón. Había estado tan embelesado con la idea de hacer realidad su fantasía de sexo en la ducha que no habían usado precauciones.

–Eso es… –dijo él, tragó saliva y lo intentó otra vez–. Es culpa mía.

Ella asintió.

–Todo el mundo se equivoca.

Tom cerró los ojos y, de pronto, todas sus esperanzas cobraron vida. Se imaginó a Caroline en su cama cada noche, el vientre hinchado con su hijo. Caroline dándole el pecho al bebé mientras él hacía la cena. Cientos de imágenes de una vida cotidiana en común desfilaron por su mente. Era la vida que, hasta hacía veinte minutos, había ansiado compartir con ella.

Sin embargo, las cosas habían cambiado.

–¿Por qué no me contaste lo del soborno?

–Quería olvidarlo. Nadie había relacionado nunca a Curtis con Verango, ni mucho menos conmigo y mis préstamos de estudiante –replicó ella, y suspiró–. Yo sabía que estaba mal, pero no podía deshacer lo que estaba hecho. ¿Cómo iba a devolver el dinero pagado? ¿A quién iba a dárselo, en cualquier caso? –continuó, meneando la cabeza–. Sé que no es excusa. Creí que nadie lo descubriría nunca –admitió, y se limpió una lágrima–. No quería desenterrar el pasado pero, sobre todo, no quería que pensaras mal de mí –confesó–. Ahora que ya se ha descubierto todo, quería contártelo porque sabía que, si comprendías que lo hice porque era joven y estúpida, harías lo que siempre haces.

–¿Qué hago siempre? –preguntó él con más suavidad de la que pretendía.

Ella levantó la mirada hacia él.

–Protegerme, Tom.

Tom se puso en pie y se dio la vuelta. Maldición. No debería preocuparse por ella. Solo era parte de la investigación. Nunca debería haber sido nada más.

Sin embargo, estaba embarazada. De su hijo. Y solo porque él no había hecho su trabajo ni había dado prioridad al maldito caso.

Le había dado prioridad a ella.

–Yo no… Quiero decir… –balbuceó ella, sollozando otra vez–. Entiendo que no puedas perdonarme. Pero debes saber que nunca fue mi intención lastimarte.

–¿Hace cuánto tiempo sucedió?

–Casi trece años.

Tom hundió la cabeza entre las manos. Hacía trece años, Stephanie vivía todavía. Aún no la había dejado irse sola de aquella fiesta. Por aquel entonces, había estado intentando demostrar desesperadamente que había estado a su altura.

Con el corazón encogido, se volvió hacia Caroline otra vez.

–¿Algo más que deba saber?

Ella asintió, llorosa.

–Tuve una falsa alarma de embarazo en la universidad, con el chico con el que casi me casé. Yo… me asusté mucho. No había sido lo bastante cuidadosa.

Había cometido un grave error y, cuando sucedió, comprendí que no había amado a ese hombre. Pensé que iba a tener que casarme con él y renunciar a mis aspiraciones profesionales. Mis padres iban a estar muy decepcionados. Creí que, al final, se demostraría que mi hermano tenía razón cuando decía que yo era un error.

Iba a tener que dispararle a su hermano también, se dijo Tom.

Cada palabra de Caroline era como un puñal en su corazón. Sí, podía comprender cómo un embarazo inesperado podía haber cambiado el curso de su vida hacía trece años.

Igual que podía suceder en el presente.

–¿Qué pasó? –preguntó él con voz angustiada.

–Se me retrasó el periodo. Fue debido al estrés del último año de carrera –contó ella, e intentó sonreír–. No quería que nadie se enterara, porque fue demostrada una clara falta de buen juicio por mi parte. Si no podía prevenir errores como un embarazo no planeado, ¿por qué iba a tomarme nadie en serio profesionalmente?

–Ya, sí –dijo él, y bajó la vista a la pequeña varilla delatora–. Esto no es debido al estrés, ¿verdad?

Ella negó con la cabeza.

–Lo siento mucho.

Sí, él también lo sentía. Sería fácil culparla por eso, pero no podía. Hacían falta dos para lograr un embarazo.

–Casi temo preguntarte… ¿hay algo más?

–No. Cometí un error grave en mi primer año como fiscal y estoy embarazada. Creo que es suficiente para un solo día –contestó ella, y lo miró, nerviosa–. Tom, ese hombre… dijo que no podrías protegerme siempre.

Sin ser consciente de lo que hacía, Tom agarró a Caroline, la levantó de su asiento y la estrechó contra su pecho.

Estaba loco, sí, pero no podía abandonarla.

–No me conoce bien.

Ella lloró, abrazada a él.

Tom no podía evitar abrazarla también. Había traicionado su confianza, era cierto. Tal vez, su relación no tenía futuro. Pero de ninguna manera iba a echarla a los lobos.

La protegería.

–Lo he fastidiado todo, ¿verdad? –dijo ella, limpiándose las lágrimas de las mejillas.

Iba a tener un hijo suyo. Y estaba en peligro, caviló Tom. Solo él era el culpable.

No había sido ella quien lo había fastidiado todo. Sin embargo, él había estado a punto de destruir todo por lo que había luchado.

Si Stephanie pudiera verlo en el presente, ¿qué pensaría? ¿Se reiría y le diría que se relajara, como solía hacer cuando estaba estresado? ¿Le dedicaría una de sus dulces miradas y le reprendería por comportarse como un tonto?

¿O le diría que había otras cosas en la vida aparte del trabajo? Igual, le recordaría que él, más que nadie, no debía dejar que la vida se le escapara de entre los dedos, porque todo podía acabar en cualquier momento.

El sonido de la puerta lo sacó de sus pensamientos. Entró Carlson con gesto de preocupación.

–¿Va todo bien?

Tom lo miró molesto, aunque sabía que no podía echarlo de su propio despacho.

–¿Ahora qué?

–Esto no va a gustarte –advirtió Carlson.

Tom se puso tenso, pues sabía lo lejos que podía llegar su amigo para cortar con ese caso de corrupción. Sin duda, querría que Caroline se acercara a su contacto y consiguiera toda la información posible, sin ponerse en peligro. Querría ponerle un micrófono, tal vez, querría que coqueteara con el chantajista, cualquier cosa para conseguir pruebas para la imputación.

Miró a Caroline a los ojos. ¿Cómo iba a protegerla, si la dejaba hacer esas cosas?

–No –negó él, interponiéndose entre Carlson y Caroline–. Lo haremos a mi manera o no lo haremos.

Capítulo Dieciséis

De pronto, después de haber esperado una eternidad, Tom se había quedado sin paciencia.

El tal Todd Moffat había hablado con Caroline y la había amenazado con echar a perder su carrera si no hacía lo que le decía.

¿Qué otra cosa podía hacer, aparte de alejarla de Moffat todo lo que pudiera?

Los engranajes de la justicia giraban despacio. Encontrar a Moffat le llevaría tiempo, igual que conseguir las órdenes de arresto apropiadas. Ni Tom ni Carlson querían que se le escapara, amparado en tecnicismos legales. No podían apresurar las cosas.

Mientras, Tom no podía comer, no podía dormir, no podía respirar.

Había puesto el caso en peligro. Para colmo, había puesto en peligro a Caroline.

Cielos, esperaba no haberlo estropeado todo.

Sí, lo que estaba haciendo era muy importante. Llevaba años con esa investigación, que no solo tenía que ver con corrupción judicial, sino con la protección del medio ambiente y con los derechos de los pueblos tribales. Era un caso muy importante. Muchas vidas dependían de ello.

Por otra parte, sin embargo, no podía olvidar lo que Caroline le había contado sobre su mentor. Le había mentido sobre su pasado. ¿Qué pasaría si le había mentido también sobre cómo habían sucedido las cosas? ¿De veras la había usado ese tipo o había sido ella quien había estado deseando encontrar una forma de librarse de sus deudas?

Tom necesitaba saberlo. No podía dejar de darle vueltas. Le tomó varios días dar con el número de teléfono de Terrence Curtis.

–¿Hola? –respondió Curtis, con una voz que sonaba muy anciana.

Tom se presentó. Cuando Curtis habló otra vez, parecía más confiado.

–Agente Pájaro Amarillo, ¿en qué puedo ayudarle? –se ofreció el hombre.

No parecía un criminal tratando de ocultar sus delitos.

–Necesito hacerle unas preguntas sobre una de sus antiguas alumnas, Caroline Jennings. ¿La recuerda? –preguntó Tom, fingiendo indiferencia absoluta.

–Oh, sí. Caroline fue una de mis mejores alumnas. Y llevo décadas dedicado a la enseñanza. Perdimos contacto, pero he estado siguiendo su carrera. Ha hecho cosas importantes y ahora sé que hará cosas todavía mejores.

Sonaba como un padre orgulloso, no como un hombre que hubiera manipulado a su mejor alumna para ayudar a un criminal. El hecho de que Curtis la recordara con cariño le hizo sentir cierta simpatía por ese hombre.

–Entonces, la recuerda.

–Eso he dicho, agente Pájaro Amarillo –repuso Curtis con el mismo tono que un maestro usaba para reprender a un niño–. ¿Le pasa algo a Caroline?

–¿Qué puede decirme del caso Verango? –inquirió él, intentando tomarlo por sorpresa.

–El… lo siento. No estoy seguro de qué me habla.

–¿Ah, no? Es una pena. Porque Caroline, una de sus mejores alumnas, recuerda la conversación muy claramente. Me refiero a cómo la convenció para que su amigo Vincent Verango quedara libre.

Hubo un largo silencio al otro lado de la línea. Durante un instante, Tom creyó que el otro hombre había colgado.

–No es así como sucedió –dijo Curtis al fin–. Verango y yo no éramos amigos. Yo nunca…

–Yo creo que sí, señor Curtis –insistió Tom–. No quiero discutir con usted. Solo pretendo corroborar su historia. Porque Caroline, su mejor alumna, ha hecho grandes cosas y podría seguir haciéndolas como jueza… siempre que toda su carrera no se vaya al traste por un escándalo de corrupción en el que usted está directamente implicado.

Curtis hizo un sonido atragantado.

–¿Qué? ¿Quién?

–Muy buenas preguntas. Esto es lo que pienso, señor Curtis. Usted era su mentor. Ella lo admiraba y confiaba en usted. Pensaba que ambos estaban en el mismo bando –señaló Tom, e hizo un silencio–. Ella dice que, cuando estaba asfixiada en deudas, en su primer año como fiscal, la invitó a cenar para ofrecerla apoyo emocional. En esa cena, mencionó que tenía un amigo, Vincent, que había sido injustamente arrestado. Y, como resultado de su conversación, Caroline le ofreció un acuerdo para librarlo de la sentencia. Gracias a ella, Vincent quedó libre –informó–. Poco después, todos sus préstamos de estudiante quedaron pagados. ¿Me olvido de algo?

–Yo… –balbuceó Curtis. Sonaba asustado.

–Esa es la razón por la que dejaron de estar en contacto, ¿verdad? Cuando ella se dio cuenta de que la había utilizado, dejó de confiar en usted. Mantuvo las distancias, porque esa era la única forma que tenía de protegerse.

—Yo necesitaba el dinero —confesó el hombre con voz temblorosa—. Me aseguré de que ella se llevara una buena parte.

—Me importa un pimiento cuáles fueran sus razones. Solo necesito saber si la jueza Jennings fue manipulada por usted o fue una cómplice activa en el delito.

—¡Claro que ella no sabía nada! —exclamó Curtis—. Creí que no le importaría. Solo quería ayudarla. Debería haberlo pensado mejor. Siempre fue una de mis mejores alumnas.

Tom tenía lo que buscaba, la prueba de que Caroline no había roto la ley intencionalmente. Solo había pecado de confiar en el hombre equivocado.

El susto que había tenido en la universidad con la falsa alarma de embarazo, el caso Verango... Cada vez que Caroline había metido la pata había sido porque había confiado en el hombre inapropiado.

Y, en el presente, estaba embarazada de un hijo de Tom porque había confiado en él. Cuando le había dicho que había tenido que ir con él a su casa en medio del campo, ella lo había hecho. Lo mismo había sucedido con el viaje a Washington. Lo había cuestionado, sí, pero al final había confiado en él.

Los dos habían creído que el fin de semana que habían pasado juntos no interferiría en sus trabajos.

Pero ya no podía separar una cosa de la otra.

Tom levantó la vista hacia Carlson, que había estado escuchando la conversación con Curtis.

—¿Algo más? —preguntó Tom, tanto a Curtis como a Carlson.

Carlson negó con la cabeza.

—Si habla con ella, dígala que lo siento —pidió Curtis con voz cansada—. Era una de mis mejores alumnas.

—Seguro que sí —replicó Tom, y colgó, casi embriagado por el alivio.

Caroline no era una jueza corrupta. Sí, era cierto que tenía que habérselo contado cuando le había preguntado si había algo en su pasado que pudieran usar en su contra.

Pero entendía ese impulso natural de enterrar el pasado. ¿Acaso no había estado él haciendo lo mismo? Durante diez años de su vida, se había volcado en el trabajo para poder justificar que siguiera viviendo, después de que Stephanie hubiera muerto.

—¿Y bien?

—Creo que tengo todo lo que necesitaba —dijo Carlson, tomando algunas notas—. De todas maneras, no pensaba presentar ningún cargo contra ella, ¿lo sabes?

—Ella no espera ningún favor especial. Ni yo —aseguró Tom. La justicia siempre debía ser ciega.

Técnicamente, todavía quedaba mucho por hacer. El departamento del FBI estaba acorralando a Moffat, pero no se había hecho ninguna detención todavía. Tom esperaba ser él quien le pusiera las esposas, mirándole a los ojos para dejarle claro que había sido el agente Pájaro Amarillo quien había puesto fin de una vez por todas a sus fechorías.

Eso era importante para él. Pero no era lo más importante.

Caroline era su segunda oportunidad.

No iba a dejar que el trabajo estropeara eso.

—¿Me necesitas para alguna cosa más? —preguntó él, poniéndose en pie.

Carlson sonrió.

—No. De hecho, si te veo en la oficina en los próximos cinco días, haré que te arresten. Si te presentas por aquí antes de dos días, te dispararé yo mismo.

Tom no se hizo esperar. Antes de desaparecer tras la puerta, lanzó una mirada a su amigo.

—Vete a casa tú también con tu familia. Créeme, James, no debes perderte ni un momento de estar a su lado.

Porque la vida era demasiado frágil.

Nadie lo sabía mejor que él.

Capítulo Diecisiete

En realidad, las cosas no cambiaron mucho en las siguiente semanas. Al menos, no en la superficie. Los días eran todos iguales para Caroline.

Se levantaba, daba un paseo en vez de ir a correr, como solía hacer antes del embarazo, y se iba a los juzgados. Al día siguiente volvía a empezar.

No se había ido con Tom. De hecho, después de su conversación en el despacho de Carlson, él había desaparecido. No podía culparlo. Después de todo, había sido ella quien había metido la pata. Había cometido una serie de errores desafortunados que no tenían excusa. Había puesto en peligro su carrera y la de él. Y ella sabía que el trabajo lo era todo para él.

No había hablado con su hermano Trent desde hacía tiempo. Habían logrado mantener una relación civilizada en el funeral de su madre, hacía años, pero Caroline lo achacaba más a la buena influencia de su mujer que a los propios sentimientos de su hermano.

Aunque lo había excluido de su vida, y viceversa, las crueles palabras que Trent le había dedicado de niña siempre la habían atormentado. Le había dicho que su llegada al mundo había sido un error y que lo había estropeado todo.

Se lo había escuchado decir tantas veces que lo había integrado en su visión de sí misma.

De acuerdo. Había metido la pata. Había cometido errores. Pero eso no la convertía en un error, igual que el que sus padres la tuvieran cuando no lo habían planeado no había sido un error. Podía no haber sido una niña esperada, pero en su corazón sabía que había hecho felices a sus padres.

Además, en el presente, era ella quien estaba embarazada.

Y jamás describiría a su hijo como un error. Era un regalo.

Su hermano era un hombre amargado que no le había dejado ver la verdad. Lejos de haber sido un error, Caroline había sido un regalo para sus padres. La habían amado, aunque Trent no había sido capaz.

Ella no había planeado nada de eso. No había previsto hacer el amor con un agente especial de FBI. No había esperado que sus errores del pasado le saltaran al paso cuando menos lo esperaba. Y no había planeado en absoluto quedarse embarazada.

Pero, planeado o no, su bebé era un regalo. Eso no significaba que Tom y ella fueran a criarlo juntos. Aunque le encantaría.

Quería estar con Tom. Le gustaba en todas su facetas. Era un hombre seguro de sí mismo, responsable, leal a sus principios. También era un excelente amante y lo bastante sensible como para ocuparse de que tuviera las ropas adecuadas para asistir a una gala, todo para que ella no se sintiera fuera de lugar.

Pero, si él no quería estar a su lado, tendría que conformarse con algún arreglo, como la custodia compartida.

Caroline odiaba la idea.

Tom no la había llamado, ni había vuelto a verla. Solo porque había mentido por omisión. Aunque nunca estaba segura de qué pensaba ese hombre. Siempre hacía las cosas sin informarle de ello. Igual que la había llevado a su casa en el campo. O a Washington.

Quizá, Tom nunca confiaría en nadie lo suficiente como para poner su trabajo en segundo lugar.

Eso era lo que temía Caroline, que ni su bebé ni ella pudieran ser jamás una prioridad para él.

Cuando, por fin, lo viera, no sabía si tenía ganas de besarlo o de abofetearlo. Dependería de las hormonas, se dijo.

Caroline estaba mirando en el frigorífico, luchando contra otra oleada de mareo, pensando que comer algo podía sentarle el estómago, cuando alguien llamó al timbre.

–¡Caroline!

¿Quién podía estar llamando a su puerta a las ocho de la noche?, se preguntó ella, alarmada.

–¡Caroline!

Aliviada, reconoció la voz de Tom. Rezó porque fueran buenas noticias. Igual habían arrestado a los chantajistas y…

Rezó porque Tom estuviera allí solo por ella.

Después de mirar por la mirilla para asegurarse, abrió de par en par.

–¡Tom! ¿Qué estás haciendo…?

No pudo terminar la frase, porque él la tomó entre sus brazos, empezó a besarla, cerró la puerta y se dirigió con ella al salón.

Caroline sabía que debía apartarse, averiguar primero por qué había ido a verla, pero lo había echado demasiado de menos.

–¿Qué estás haciendo aquí? –consiguió decir ella al fin–. ¿El caso…?

–Al diablo con el caso –la interrumpió él, abrazándola de nuevo–. Eso no importa.

–¿Cómo que no? Claro que importa. ¿Y si alguien te ha seguido hasta aquí?

Tom estaba sonriendo mientras sujetaba el rostro de ella entre las manos.

–Es mejor que sepan que estamos juntos –dijo él,

apoyando su frente en la de ella–. Cariño, lo siento mucho.

–¿El qué? –preguntó ella, y se apartó, pues no podía pensar cuando estaba pegada a él. Se cruzó de brazos–. Soy yo quien metió la pata, ¿recuerdas? Yo quien te mintió. Casi echo a perder el caso por eso. ¿Por qué me pides perdón?

Caroline estaba gritando, pero no le importaba. Estaba contenta, furiosa y triste a la vez. Malditas hormonas.

¡Y Tom seguía sonriendo!

–¿Por qué tienes esa cara? –gritó ella.

–¿Te he dicho alguna vez que estás preciosa cuando te enfadas?

Caroline le lanzó un cojín y, con un nudo en la garganta, trató de contener las lágrimas.

–Me alegro de verte, pero he venido a decirte otra cosa –señaló él, levantando las manos en gesto de rendición–. De acuerdo, has metido la pata. Pero te comportas como si nadie más se equivocara, y no es así. Yo he cometido más errores de los que pueden contarse. Se me metió en la cabeza que, si me mantenía alejado de ti, estarías a salvo. Y solo he conseguido que ambos seamos desgraciados. Te echo de menos. Te necesito.

Tom se buscó algo en el bolsillo y se lo tendió.

–Quiero estar contigo. No solo ahora, sino el resto de mi vida.

–¿Qué estás haciendo? ¿Es eso un anillo?

–Había renunciado a vivir un final feliz, Caroline. Me había enamorado una vez y pensé que no volvería a pasarme. Hasta que tú apareciste –confesó él con los ojos brillantes de emoción–. Cuando te vi, volví a sentir esperanza. Deseo. Amor. No había estado con ninguna mujer desde la noche en que mi esposa murió. Pero, cuando apareciste tú, no podía quitarte las manos de encima. No tenía intención de dejarte sola, Caroline. Si me perdonas, siempre estaré a tu lado.

Caroline se secó las lágrimas y miró el anillo que él sostenía. Tenía un enorme diamante y otros más pequeños.

–Pero el caso… –balbuceó ella.

–He dedicado demasiado tiempo a mi trabajo, lo he convertido en el centro de mi vida desde que murió Stephanie. Pero ahora hay otra cosa más importante para mí.

Ella lo contempló con lágrimas en los ojos.

–No voy a dejar que nadie te amenace, Caroline. Te lo prometo –le susurró él, tomándola entre sus brazos de nuevo–. Pero tampoco voy a dejar que el trabajo me separe de ti ni de nuestro hijo. Te he echado mucho de menos. Lo eres todo para mí. Si me das otra oportunidad, no volveré a decepcionarte.

–Yo también te he echado de menos –replicó ella, llorando de emoción–. Mucho.

De pronto, Tom se puso de rodillas.

–Caroline Jennings, ¿quieres casarte conmigo? Para mí, siempre serás mucho más que mi trabajo. Te amo. Y quiero pasar el resto de mi vida demostrándotelo.

Aunque intentó ponerse seria, Caroline no lo consiguió.

–No quiero que esto vuelva a pasar. No quiero que desaparezcas durante días y semanas. No quiero que me dejes sola, preguntándome…

–No volverá a pasar –aseguró él, sujetándola de las manos–. Pero hay una cosa que yo también quiero pedirte.

–¿Qué?

–He hablado con Terrence Curtis. Admitió que te había convencido para retirar los cargos y que no tenías ni idea de sus intereses ocultos. También me dijo que está orgulloso de todo lo que has logrado desde entonces. Eras una de sus mejores alumnas.

–¿Has buscado a Terrence Curtis por mí?

Tom había dicho que la protegería. Y era cierto. Podía confiar en él. Se había preocupado de encontrar a Curtis para proteger su carrera y su reputación.

–Carlson no va a presentar cargos contra ti

–¿Y qué pasa con…?

–¿Moffat? Estamos en ello. Sabemos quién es y para quién trabaja, gracias a ti.

Ella lo miró, incapaz de pronunciar palabra.

–Di que sí, Caroline –rogó él, sonriendo–. Vamos a formar una familia juntos –añadió, y posó una mano en su vientre–. Me he tomado un par de días libres. Deja que te muestre lo mucho que te quiero.

–Sí –dijo ella. Sí a todo, a sus caricias, a su proposición, a su amor–. Yo también te quiero. Pero te obligaré a mantener tus promesas, ¿de acuerdo?

–Cuento con ello.

Riendo y llorando a la vez, Caroline lo abrazó.

–Bien. Porque nunca voy a dejarte marchar.

Epílogo

En el pasado, Tom pensaba que perseguir y capturar criminales era un trabajo difícil pero agradecido. Conllevaba muchas noches sin dormir y horas de esperar con paciencia, mezcladas con momentos de intensa actividad.

En cualquier caso, había sido un buen entrenamiento para ser padre.

—Creí que nunca llegaría este día —comentó Carlson, hablando con Tom, pero sin quitarle los ojos de encima a su mujer.

Maggie estaba sentada junto a la chimenea con Rosebud Armstrong, Celine y Caroline a su lado. Las mujeres reían y charlaban animadamente.

—¿Qué día? —preguntó Tom, mientras seguía con la mirada los movimientos de su pequeña Margaret, de trece meses, que estaba jugando con Adam, el hijo mayor de Carlson, un simpático chiquillo de dos años. Fuera, los gemelos de Armstrong, Tanner y Lewis, de siete años, jugaban en la piscina. Dan, su padre, se ocupaba de vigilarlos.

Tom sabía que, dentro de poco, su pequeña empezaría a correr y a seguir los pasos de los mayores. Era una niña muy alegre, siempre quería jugar.

Margaret se puso de pie y se tambaleó, pero antes de que pudiera caerse, su madre la recogió, sin dejar de charlar animadamente con las demás mujeres.

—Creo que se refiere a que pensó que nunca te vería tan feliz —comentó Mark Rutherford.

Caroline levantó la vista y le sorprendió mirándola. Y, como siempre pasaba, Tom sintió la chispa que había entre ambos. Cada vez que la veía, se enamoraba de pies a cabeza de nuevo.

–Sí –afirmó Carlson, riendo, y agarró otra hamburguesa–. Eso es.

Tom no sabía cómo responder a eso. Esa barbacoa en su casa en el campo también era una forma de celebrar que habían resuelto el caso de corrupción en que Carlson y él habían trabajado durante años. También marcaba el fin de su compromiso a tiempo completo con el FBI.

Todd Moffat había sido arrestado, juzgado y encarcelado. Sus jefes habían resultado ser los dueños de Black Hills Mines, una compañía minera que había bloqueado varias batallas legales con las tribus indígenas para explotar unas minas de uranio. Había grandes depósitos de ese mineral bajo la reserva. Y los indios no querían que sus tierras acabaran explotadas y contaminadas.

La investigación había terminado, al menos, para Tom. Se había retirado del servicio. Seguiría disponible para el FBI como consejero, pues seguía siendo el mejor agente para ocuparse de los casos relacionados con los nativos americanos. Pero había decidido dedicarse más a fondo a la Fundación Rutherford. Para empezar, estaban construyendo una nueva escuela en la reserva.

Por eso, esa reunión era también una fiesta de bienvenida a su nueva vida. Margaret estaba en una edad preciosa, y él no quería pasarse las noches sentado en un coche de vigilancia con la esperanza de capturar a los malos mientras su esposa y su hija estaban solas en casa.

Cuando su pequeña aprendiera a andar y a hablar, él estaría allí para verlo con sus propios ojos. Iba a enseñarle también cuáles eran sus orígenes, sus raíces.

Durante años, se había dedicado a ayudar a otras personas de la tribu que lo habían necesitado. Y, aunque había dejado de lado su trabajo, nunca daría la espalda a quienes necesitaran su ayuda. Tenía una fundación benéfica que dirigir, becas de estudios que repartir y gente a la que ayudar.

Lo único que Tom necesitaba era saber que, al final del día, Caroline lo recibiría en sus brazos. Ella había vuelto al trabajo cuando había terminado su baja de maternidad. Estaba orgulloso de ella.

Margaret se acercó a él sonriendo, con un dedo en la boca. Seguramente, esa noche dormiría mal porque le estaban saliendo los dientes. Pero, en ese momento, parecía la niña más feliz del mundo.

Cuando miraba a su hija, se sentía lleno de amor y de dulzura. El amor que sentía por su mujer era diferente, impregnado de deseo y pasión. Estaba rodeado de amor. A veces, creía que el corazón iba a explotarle de tanta ternura como sentía.

—Ella se habría alegrado por ti —señaló Carlson, sacándolo de sus pensamientos—. Es lo que habría querido que hicieras.

Tom había comprendido, al fin, que amar a Caroline y a Margaret no menoscababa el amor que le había profesado a Stephanie.

—Sí, lo sé —afirmó él, contemplando a los dos amores de su vida.

—Deberíamos hacer una foto —propuso Rosebud— para recordar el momento en que el gran agente especial Tom Pájaro Amarillo se retiró del FBI.

Todo el mundo asintió. A Tom le costaba un poco, pero debía acostumbrarse a la idea de que ya no tenía que seguir escondiéndose. Podía salir en las fotos, junto a su familia y sus amigos. Y colgaría esos retratos en las paredes de su casa. También había cortado los arbustos que habían ocultado la casa de miradas ajenas. Ya no tendría que ocultarse nunca más.

Tardaron un rato en reunir a todos los niños. A Tom se le puso un nudo de emoción en la garganta al ver a su familia y a sus amigos juntos, rodeándolo.

—¿Estás bien? —le susurró Caroline al oído.

Tom la miró. Más tarde, cuando todos se hubieran ido y Margaret se hubiera dormido, volvería a convertir la chispa que había entre los dos en una llama incandescente. Desde el principio, siempre había sabido que era la mujer con la que pasaría el resto de su vida.

La besó con ternura, porque jamás se cansaría de estar enamorado de ella.

—Nunca había estado mejor.

Bianca

Para asegurar el futuro de su país, Rihad
debía reclamar a Sterling como su esposa…

LA HEREDERA
DEL DESIERTO

CAITLIN CREWS

Sterling McRae sabía que el poderoso jeque Rihad al Bakri quería reclamar a su hija como heredera de su reino. La niña era hija
de Omar, el hermano de Rihad, su mejor amigo, y había sido
concebida para protegerlo.
Pero tras la muerte de Omar ya nadie podía proteger a Sterling
a su hija del destino que las esperaba.
Cuando Rihad la localizó en Nueva York hizo lo que debía hacer:
secuestrarla y llevarla al desierto. Pero esa mujer directa, valiente
hermosa ponía a prueba su voluntad de hierro, remplazándola
por un irritante e incontrolable deseo.

Acepte 2 de nuestras mejores novelas de amor GRATIS

¡Y reciba un regalo sorpresa!

Oferta especial de tiempo limitado

Rellene el cupón y envíelo a

Harlequin Reader Service®
3010 Walden Ave.
P.O. Box 1867
Buffalo, N.Y. 14240-1867

¡Sí! Por favor, envíenme 2 novelas de amor de Harlequin (1 Bianca® y 1 Deseo®) gratis, más el regalo sorpresa. Luego remítanme 4 novelas nuevas todos los meses, las cuales recibiré mucho antes de que aparezcan en librerías, y factúrenme al bajo precio de $3,24 cada una, más $0,25 por envío e impuesto de ventas, si corresponde*. Este es el precio total, y es un ahorro de casi el 20% sobre el precio de portada. !Una oferta excelente! Entiendo que el hecho de aceptar estos libros y el regalo no me obliga en forma alguna a la compra de libros adicionales. Y también que puedo devolver cualquier envío y cancelar en cualquier momento. Aún si decido no comprar ningún otro libro de Harlequin, los 2 libros gratis y el regalo sorpresa son míos para siempre.

416 LBN DU7N

Nombre y apellido	(Por favor, letra de molde)
Dirección	Apartamento No.
Ciudad	Estado Zona postal

Esta oferta se limita a un pedido por hogar y no está disponible para los subscriptores actuales de Deseo® y Bianca®.
*Los términos y precios quedan sujetos a cambios sin aviso previo.
Impuestos de ventas aplican en N.Y.

SPN-03   ©2003 Harlequin Enterprises Limited

UN ENCUENTRO ACCIDENTAL

CATHY WILLIAMS

...andro Sánchez nunca olvidó a la mujer que encendió un fue-... en él como nunca antes había experimentado… y luego le ...cionó. Cuando Abigail Christie apareció en la puerta de su ...sa, Leandro decidió que una última y explosiva noche era la ...ica manera de dejar de pensar en ella. Pero Abigail guardaba ... secreto…

... el momento en que Leandro descubrió que tenía un hijo, ...igail quedó completamente a merced del multimillonario. Él ...mpre conseguía lo que quería, y ahora estaba decidido a ...conocer legítimamente a su heredero… ¡seduciendo a Abigail ...ra convencerla de que se casara con él!

Deseo

Sabía que no era recomendable sentirse atraída por su jefe, lo que no sabía era cómo evitarlo

DOCE NOCHES DE TENTACIÓN

BARBARA DUNLOP

La única mujer que le interesaba a Matt Emerson era la mecánica de barcos que trabajaba en sus yates. Incluso cubierta de grasa Tasha Lowell lo excitaba.

Aunque una aventura con su jefe no formaba parte de sus aspiraciones profesionales, cuando un saboteador puso en su punto de mira la empresa de alquiler de yates de Matt, Tasha accedió a acompañarlo a una fiesta para intentar averiguar de quién se trataba.

Tasha era hermosa sin arreglarse, pero al verla vestida para la fiesta, Matt se quedó sin aliento. De repente, ya no seguía siendo posible mantener su relación en un plano puramente profesional.